Loi n° 49.956 du 16 juillet 1949 sur les publications
destinées à la jeunesse : avril 2021
Dépôt légal : avril 2021

ISBN 978-2-211-31212-7

Mabrouck Rachedi

Classe à part

M+

l'école des loisirs

11, rue de Sèvres, Paris 6e

Prologue

Comment cultiver sa singularité quand on porte le vingt-troisième prénom et le huitième nom de famille les plus courants de France ? Sébastien Dubois est l'une 502 294 personnes à avoir été enregistrées sous ce prénom en France entre 1946 et 2011. En 1977, sa date de naissance, c'était non seulement le prénom le plus répandu dans l'Hexagone, mais aussi dans toutes les régions. Il y a par ailleurs eu 98 951 Dubois entre 1891 et 1990. Sébastien conjure la banalité de son patronyme en se passionnant pour la généalogie des prénoms rares. Au Cercle des amateurs de prénoms inusités, on dit de Sébastien qu'il a la patience d'une fourmi. Il peut consacrer des heures à l'étude d'un détail statistique ignoré par tous. Méthodique, il balaie l'alphabet de A à Z. À ce jour, il en est à la lettre P. En rejoignant la salle de réunion, Sébastien Dubois ignore qu'il jouera un rôle déterminant dans l'histoire qui va suivre.

Le réchauffement climatique, tu parles ! Malgré les quatre épaisseurs de tissu qu'elle a empilées afin de supporter le froid polaire de Saint-Denis, Amel grelotte. Son pas pressé pour arriver à l'heure au collège Elsa-Triolet la réchauffe à peine. À l'approche du croisement des rues Maurice-Thorez et Gaston-Dourdin, elle redouble d'efforts : elle sait que Polycarpe va encore lui faire la morale à cause de son énième retard et parce que, comme d'habitude, elle va lui demander les réponses du devoir de mathématiques à la dernière seconde. Son meilleur ami lui reprochera d'avoir esquivé le rendez-vous qu'il lui avait donné il y a deux jours à la bibliothèque municipale pour l'aider à percer les mystères des fonctions affines. Manque de chance, ce même samedi, Maryama et Alexa, deux copines, organisaient un concours sur le jeu vidéo Let's Dance. Toute la troisième D était venue, sauf Polycarpe, l'intello de la classe.

Le frêle garçon de treize ans accueille Amel avec un regard lourd de reproches :

– Tu vas encore nous faire arriver en retard, Amel !

– Tu n'aurais pas dû m'attendre.

– Tu sais très bien que je ne te laisserai jamais tomber.

– C'est bien pour ça que je prends mon temps, Pol' !

Polycarpe hésite entre éclater de rire et s'emporter. Amel possède cet étrange pouvoir de fascination sur lui, malgré sa formidable capacité à le rendre chèvre. Leur amitié tient sur ce fil tendu entre les deux extrêmes depuis le CP. Polycarpe venait de sauter une classe et le petit surdoué était la tête de Turc des jaloux, qui profitaient de leur force pour imposer leur loi. Amel, dont la courbe de croissance avait été exponentielle (même si elle ne connaissait pas ce mot), avait remis à leur place les malins qui laissaient traîner ici la jambe pour glisser un croche-patte ou là une main pour un smash en douce. Quand Polycarpe lui avait demandé pourquoi elle le défendait, Amel avait haussé les épaules. Pour elle, c'était normal. Dès son plus jeune âge, sa mère, avocate, l'avait élevée dans l'idée qu'il faut toujours aider les plus faibles et les plus démunis. Les années passant, les autres élèves avaient rattrapé Amel en taille, mais son sens aigu de la justice la plaçait toujours dans une catégorie à part. Chaque fois que Polycarpe se désespère de la superficialité d'Amel, il se rappelle les gestes de générosité dont elle est capable. S'il avait un problème, Amel serait là. Si la solidarité est le socle de leur amitié, le grain de folie d'Amel en est le sel. Qu'est-ce qu'on rigole avec elle ! Tous les jours, Amel s'invente une nouvelle lubie, qu'elle partage avec le sage Polycarpe :

– Pol', tu ne devineras jamais ce que j'ai fait cette nuit !

– Tes exercices de maths ?

– Oh, ça va, tu sais bien que ce n'est pas ça !

– Hélas…

– J'ai entièrement refait ma chambre.

– En une nuit ? Sans déranger ni ta famille ni tes voisins ?

– Tu ne comprends rien. J'ai téléchargé Home Design, une application sur mon téléphone portable. Grâce à elle, je peux faire de l'architecture d'intérieur en 3D.

– Moi, j'ai téléchargé Skymap, une application qui indique le nom des étoiles. J'essaie de reconstituer la carte du ciel tous les soirs avant de me coucher. Ça stimule ma mémoire et quand je serai astronaute, je…

– Pol', encore tes histoires bizarres…

– Tout ça pour te dire que ces applications peuvent t'être utiles. Si tu appliquais un millième de ta créativité en maths ou en français, tu serais cent fois plus forte que moi en classe ! La 3D, par exemple, ce n'est rien d'autre que de la géométrie dans l'espace.

– Et blablabla… Ça y est, tu rejoues à l'intello. Excuse-moi, j'aimerais parler à mon ami Polycarpe, pas au professeur Diallo !

Voilà qu'Amel ressert son couplet sur Polycarpe, bien trop sérieux à son goût. S'il fallait décrire sa trajectoire quotidienne, ce serait une courbe mathématique qui relie invariablement trois points : son domicile, le collège et la bibliothèque municipale. On ne le voit jamais au terrain de sport ou en train de papoter dans la rue. Son stylo semble greffé à sa main et son cartable à son dos. Amel adore le charrier et elle s'adonne une nouvelle fois à son péché mignon :

– De toute façon, quand on s'appelle Polycarpe, on est fait pour les maths, n'est-ce pas, mon petit polygone ?

– Tu recommences avec cette blague pourrie ?

– Pourquoi je me gênerais, mon petit Pol' ?

– Ce n'est pas comme si tout le monde ne se moquait pas déjà de moi ! Je devrais faire un procès à mes ancêtres pour ce prénom ridicule !

– Et comment je te taquinerais alors ? Bénis soient-ils de

t'avoir appelé ainsi, sinon on ne se serait peut-être jamais connus. Tu te souviens en CP quand…

– Tu ne vas pas me rappeler ces mauvais souvenirs pour la millième fois. Et puis, pour la mille et unième fois, c'est ma grand-mère qui a choisi mon prénom. C'était le sien !

– Ah oui, c'est un prénom épithète.

– Épicène, pas épithète ! Il peut se porter par un homme ou par une femme, comme Dominique ou Camille. Le pire, c'est que Polycarpe est un saint qui a fini brûlé vif. Ce prénom porte-malheur.

– Tu ne vas pas commencer un cours d'histoire. Je préfère les mathématiques. Tu veux bien me donner les réponses du devoir, s'il te plaît ?

Polycarpe n'a pas attendu la fin de la phrase d'Amel que déjà il lui tendait son devoir. Une fois de plus, il lui rend un service en trompe-l'œil. Cela la conforte dans sa paresse. Mais il ne peut rien refuser à Amel, qui le remercie d'une bise qu'il chasse comme si une mouche venait de se poser sur sa joue.

Mme Ayoun se montre perplexe quand Amel lui tend son devoir de mathématiques. Depuis un certain temps, elle a noté des similitudes troublantes entre ses copies d'élève moyenne et celles de Polycarpe. Dans la salle des profs, on se demande pourquoi les parents du petit génie ont refusé qu'il saute plus de classes. Si les recommandations des enseignants avaient été suivies, il serait sans doute en seconde à treize ans. Le surdoué collectionne les vingt et, la seule fois où il n'a pas obtenu la note parfaite en sciences, c'était à cause d'une faute d'inattention. Mme Ayoun ne l'avait pas remarquée, Polycarpe lui-même l'avait signalée lors de la correction. De vingt, il était passé à dix-neuf et demi et il avait semblé presque satisfait. Mme Ayoun a peur que le prodige finisse par s'ennuyer tant l'écart de niveau avec le reste de la classe est grand. Elle lui donne en douce des exercices supplémentaires et, justement, le problème est qu'Amel y a répondu, alors que les questions ne figuraient pas dans son énoncé. La professeure de mathématiques du collège Elsa-Triolet est prise entre deux feux : les punitions sont rarement efficaces, mais, si elle laissait Amel à la remorque de son meilleur ami, elle la pénaliserait. Ce serait du gâchis. La jeune fille pourrait être tellement brillante si elle s'en donnait la peine ! Active, sa participation en cours s'arrête à la porte de la classe. C'est comme si un poil lui poussait dans la main dès qu'elle rentre chez elle : elle ne travaille pas.

Mme Ayoun compte sur le stage d'observation en entreprise que les élèves font en troisième pour responsabiliser Amel. D'après les documents du ministère, « ce stage donne à l'élève l'occasion de découvrir le monde économique et professionnel, de se confronter aux réalités concrètes du travail et de préciser son projet d'orientation ». En voyant autre chose que les quatre murs de la classe, en changeant de perspective, peut-être qu'Amel trouvera plus de motivation. Demain, c'est la date limite pour désigner l'entreprise où chaque élève passera cinq jours. Certains l'ont trouvée dès le lendemain de l'annonce de Mme Ayoun, grâce à des parents, des amis, des connaissances. D'autres se sont manifestés au fur et à mesure. Il y a deux semaines, Polycarpe a présenté son projet d'immersion professionnelle dans une épicerie de quartier. Mme Ayoun aurait préféré qu'il choisisse une librairie à La Courneuve, la ville voisine. Elle a essayé de le faire changer d'avis, en lui disant que les livres étaient plus proches de son univers que le commerce alimentaire. Malgré son insistance, Polycarpe est resté ferme. Cette expérience le rapprocherait de la réalité matérielle que vivent les habitants de la cité Pablo-Picasso où il habite et, en plus de la caisse, il aurait le droit d'observer les activités de la comptabilité. Son goût pour les chiffres serait comblé.

En revanche, Amel n'avait donné aucune nouvelle. À chaque relance de Mme Ayoun, la même promesse qu'elle s'en occuperait le lendemain. Chaque jour, elle repoussait la décision avec une excuse différente : une migraine, la visite d'un parent, une course à faire, un devoir très important à rendre… En conséquence, ce mardi 18 janvier, Amel est la seule élève sans affectation de stage et, quand Mme Ayoun se lance dans son discours d'introduction pour présenter les objectifs de ce « moment pédagogique extrêmement important », elle est sûre que son élève dissipée a déjà un prétexte à lui opposer.

– Demain, c'est le dernier jour pour donner son choix de stage en entreprise. Qui d'entre vous n'en a pas trouvé ?

Amel fait comme si de rien n'était, mais tous les regards convergent vers elle.

– Pourquoi vous vous retournez vers moi ? C'est bon, j'ai trouvé un stage !

– Ah bon, peux-tu me dire de quoi il s'agit, Amel ? lui demande Mme Ayoun, qui connaît trop bien son élève pour ne pas douter de sa parole.

– Je vous le dirai demain. Vous allez être super étonnée !

– Je ne veux pas être étonnée, je veux juste que tu me donnes le nom de l'entreprise.

– Promis, vous saurez tout demain !

– Amel…

– Madame Ayoun, je ne veux pas pénaliser le reste de la classe. Est-ce qu'on peut commencer le cours de maths ?

– Très bien. Mais il faudra aussi qu'on parle à la fin du cours de tes devoirs à la maison.

Quand la classe commence, Amel regarde par la fenêtre au lieu de s'intéresser aux courbes représentatives des fonctions que dessine Mme Ayoun. Le crissement de la craie sur le tableau berce sa rêverie. Elle imagine comment elle réaménagerait le collège, dont la forme de colombe ne saute pas aux yeux. Elle ajouterait des ailes à sa toiture pour que les élèves aient la sensation de s'envoler. À la place des hêtres grillagés à leur base, elle planterait des oliviers dont les rameaux symboliseraient la paix… La voix de Mme Ayoun interrompt la somnolence créative d'Amel.

– Amel, tu es avec nous ? Veux-tu répondre à ma question ?

Le cerveau d'Amel est en mode architecture et n'a pas enregistré la question de la prof. Polycarpe essaie de l'aider par de grands gestes auxquels elle ne comprend rien. Plutôt que de répondre au hasard, elle interroge à son tour :

– Madame Ayoun, vous ne trouvez pas que le collège pourrait être bien plus beau avec des ailes ?

La phrase est sortie telle quelle de la bouche d'Amel. Mme Ayoun la dévisage. Elle essaie de comprendre s'il s'agit d'une moquerie ou d'une énième échappée d'Amel dans son monde imaginaire. Ses « déconnexions » inquiètent Mme Ayoun, qui se demande si ce ne sont pas les symptômes d'un trouble de l'attention. Les autres élèves, eux, sont morts de rire. « Faire une Amel » est devenu une expression pour dire qu'on tient des propos incohérents ou qu'on a un comportement incongru.

– Amel, il faudra vraiment qu'on parle à la fin du cours.

Mme Ayoun poursuit la leçon. Lorsque la sonnette retentit, Maryama lui demande une explication sur les ensembles de définition de fonction. Quand elle en a fini avec elle, Amel est déjà partie. Elle a oublié la discussion qu'elle devait avoir avec sa prof. Le nez dans son téléphone portable, elle a décidé de relooker le collège Elsa-Triolet sur son application d'architecture.

Amel est fière d'elle. Elle a préparé le dîner et dressé la table, car sa mère a prévu de rentrer tard. D'ordinaire, c'est son père qui s'occupe de la cuisine, mais il est en déplacement dans le Sud, son métier d'assureur l'oblige à s'absenter souvent. Il a promis de rapporter des spécialités locales qu'il transformera en mets raffinés. Son père est le contraire de sa mère. Autant M. Mohand Bamedia est casanier en dehors du travail, autant Me Salwa Massini, avocate, répond le plus souvent possible à l'appel du grand air, où elle a toujours une cause à défendre. Le soin d'Amel s'est porté sur la décoration plutôt que sur le plat, un simple steak-frites. Elle ne sait consacrer du temps qu'à ses passions dont toutes convergent autour de la création. Elle affirme ainsi sa singularité. Son regard sur le monde a été influencé par sa mère. Salwa lui a raconté comment elle avait dû se battre contre sa famille et contre Mohand pour faire accepter qu'elle garde son nom de jeune fille, Massini, qu'elle lui a transmis conjointement avec celui de son mari. Quand Amel décline son identité complète, Amel Bamedia-Massini, on lui demande si elle est fille de divorcée. Non, elle est juste l'héritière de deux caractères bien trempés qui ont décidé à pile ou face lequel des deux patronymes figurerait en premier dans le livret de famille (et il a fallu quelques jours à Salwa pour se remettre du mauvais coup du sort qui a relégué « Massini » en second).

Amel admire sa mère pour d'autres raisons que la lutte pour un simple nom. Sa mère crée un monde meilleur à sa manière. L'une des toutes premières affaires qu'elle a plaidées a été le fameux dossier Lounès Amri, accusé de trafic de drogue. Toujours au mauvais endroit au mauvais moment, le jeune homme de dix-huit ans avait été placé en détention par erreur à la suite d'une opération de police. Malgré sa condamnation d'office par les journaux, Salwa avait obtenu son acquittement. Les dommages et intérêts lui avaient permis de refaire sa vie. Tonton Lounès, comme Amel l'appelle respectueusement, est devenu un proche. Lorsqu'il n'est pas dans la Silicon Valley, aux États-Unis, où il a lancé son entreprise de technologie, il ne manque pas de rendre visite à sa seconde famille.

Quand la clé tourne dans la serrure, Amel redevient une enfant impatiente de voir l'effet de la surprise qu'elle a orchestrée. Elle trépigne. Sa joie est tempérée par le visage fermé de sa mère. Me Massini est très affectée par les affaires d'expulsions de migrants sur lesquelles elle travaille, mais son expression a quelque chose d'inhabituel. Au lieu de lancer à la volée son traditionnel : « Bonsoir », elle prend un air grave :

– Amel, tu peux m'expliquer ce que ça veut dire ?

Salwa montre à sa fille l'écran de son téléphone. Elle est trop loin pour qu'Amel puisse apercevoir autre chose qu'un échange de textos dont elle ignore l'objet et les correspondants.

– Alors, tu n'as rien à dire ? C'est bien la première fois...

– Mais maman, je ne vois rien sur ton écran !

– C'est ça, fais l'innocente... Pour ta gouverne, sache que Mme Ayoun m'a expliqué que tu n'avais pas encore trouvé de stage d'observation en entreprise. Et pire encore, alors qu'elle voulait te parler à la fin du cours, tu es partie !

– J'ai… J'ai…

– Tu vas encore me dire que tu as oublié, c'est ça ? Quand vas-tu avoir la tête sur les épaules à la fin ? C'est bien beau de rêver, mais si tu regardais un peu devant toi, pour une fois ?

Amel a l'impression d'entendre son père qui s'adresse à sa mère : si elle acceptait des affaires mieux rémunérées, ils vivraient plus confortablement. Mohand veut économiser pour déménager dans un bon quartier Paris, pour que sa fille ait accès à de meilleures écoles. Il a été catastrophé en apprenant les résultats médiocres du collège Elsa-Triolet lors du dernier brevet des collèges. Salwa n'est pas d'accord. Elle veut que sa fille reste en contact avec ce qu'elle appelle la « vraie vie ». À chacune de leurs disputes, Amel se sent responsable.

– Maman, je te promets que je ne l'ai pas fait exprès…

– Je sais, ma fille, c'est bien ce qui m'inquiète. Mme Ayoun se fait du souci pour toi, tu sais ? Elle est gentille de ne pas t'avoir mis zéro à ton dernier devoir.

– Pourquoi elle me mettrait zéro ? J'ai eu tout bon !

– Regarde-moi bien dans les yeux, Amel, et réponds-moi : est-ce que tu fais tes exercices toute seule ?

– Euh…

– Ce n'est pas une réponse.

Dans son métier, Salwa est confrontée quotidiennement à des baratineurs, impossible de la berner. Amel avoue :

– Polycarpe m'a un peu aidée…

– Un peu seulement ? On en reparlera. Mais abordons l'autre

sujet, le stage d'observation en entreprise. C'est vrai que tu en as trouvé un ?

– Euh…

– Euh n'est toujours pas une réponse.

– Euh, non…

– Pourquoi tu ne m'en as pas parlé ? J'apprends la veille du choix de stage qu'il faut que tu en trouves un ! En plus, tu as promis à ta prof une surprise ! Tu veux me dire ce qui t'est passé par la tête ?

Amel se sent toute bête. Elle doit affronter les conséquences de ses mensonges et ne sait pas quoi dire. Elle murmure une plainte :

– Maman…

– Geindre n'est pas une réponse. Qu'est-ce que tu comptes faire ?

– Tu ne pourrais pas me prendre avec toi ? Suivre une avocate, ce serait une super expérience !

– J'aimerais bien, mais ce n'est pas possible. Je vais passer l'essentiel de la semaine à Calais, avec des sans-papiers. Je n'aurai pas le temps de m'occuper de toi. Ces personnes jouent leur vie.

Amel a entendu ce genre de phrase des centaines de fois. Il lui arrive d'être jalouse de ces inconnus dont sa mère s'occupe avec tant d'ardeur, et en même temps, elle s'en veut parce qu'elle sait que son action est susceptible de changer la vie de familles entières. Il lui suffit de se souvenir du cas de tonton Lounès pour comprendre que ce serait égoïste de se plaindre. En pensant à lui, elle a soudain une idée :

– Et Tonton ?
– Tu sais bien qu'il est en Californie !
– Je ne parle pas de Lounès, mais de l'autre tonton, le vrai…

Salwa ouvre de grands yeux, comme si elle apprenait qu'elle a un frère. Il faut dire que Djibril et Salwa ne se voient jamais. Tout juste échangent-ils leurs vœux par cartes en début d'année, et encore : le 31 janvier, à l'extrême limite du délai que la coutume autorise. Un accord tacite les lie pour que ce soit tantôt l'un, tantôt l'autre qui, une année sur deux, envoie ses meilleures pensées (et les plus hypocrites), avant de plonger dans un grand silence d'un an.
– Amel, tu sais que ce n'est pas possible.
– Pourquoi ce ne serait pas possible ? Tu m'avais dit qu'il avait un bon travail… La dernière fois que je l'ai vu, il était habillé en costume classe.
– Désolée, mais ce n'est toujours pas possible.
– Tu peux me donner une bonne raison ?
– Amel…
– Ce n'est pas toi qui me répètes que geindre n'est pas une réponse ?

Salwa a souvent l'impression que sa fille ne l'écoute jamais. Comme par hasard, elle lui sort une de ses reparties quand ça l'arrange. L'avocate a toujours encouragé Amel à mettre en question l'autorité, y compris la sienne, pourvu que les objections soient fondées et pertinentes. En l'occurrence, les deux conditions sont remplies. Il va falloir jouer serré.
– Écoute, Amel. Voici ce qu'on va faire : je vais dire à ta prof

que tu vas faire ton stage avec moi et je t'écrirai une attestation de complaisance.

– Mais maman, c'est de la triche !

– Ne me dis pas que ça te choque.

– Bien sûr que ça me choque, que tu m'y encourages !

– Ce n'est pas ça.

– C'est exactement ça.

En dépit du bon sens, Amel ne veut pas lâcher. Au fond, elle y gagnerait, si elle pouvait se prélasser pendant une semaine à la maison. Sa mère serait bien obligée de l'aider à écrire son rapport de stage et elle serait sûre d'obtenir une excellente note. Elle imagine les progrès qu'elle pourrait faire à Let's Dance ou les maisons qu'elle pourrait décorer sur Home Design. Elle pourrait même commencer l'aménagement d'un quartier ! Mais quelque chose la gêne dans cet arrangement, un détail qui revient régulièrement dans leurs conversations et auquel elle n'a jamais obtenu de réponse : qu'est-ce qui a bien pu se passer avec tonton Djibril pour qu'il disparaisse soudainement de leur vie ? Quelques flashs de ses premières années lui rappellent que Salwa et Djibril étaient alors proches. Amel s'amusait comme une folle avec sa cousine Ludivine, d'un an son aînée, et dont elle écorchait le prénom en « Divine ». Et puis, du jour au lendemain, plus rien. Elle avait eu beau bouder, pleurer, faire la grève des bisous pour revoir sa « Divine », rien n'y avait fait. Elle a indirectement eu quelques nouvelles de sa famille éloignée, un adjectif qualificatif qui n'a jamais été aussi juste. Un faire-part traînant sur la table de chevet de sa mère lui a appris qu'elle avait un cousin, Martin, qu'elle n'a jamais vu en vrai. Sa tante

Marie pourrait aussi bien être la boulangère du coin ou la présidente de la République, elle n'en saurait rien. Et Ludivine, qui sait ce qu'elle est devenue ? Peut-être qu'elles se retrouveront un jour côte à côte sur les bancs de l'université. La scène qu'elle a faite lors de la découverte de la carte n'a servi à rien, même si son père lui a donné raison. Fataliste, il a concédé : «Tu sais bien que quand maître Massini a une idée en tête il est impossible de la faire changer d'avis.» Cette maxime, Amel se l'applique à elle-même : cette fois, elle ne lâchera rien.

– Maman, tu peux au moins essayer d'appeler tonton…

– Non !

– Alors je vais le faire.

– Puisque je t'ai dit non !

– Tu m'as appris à ne pas écouter ceux qui parlent sans arguments.

– C'est vrai. Mais si je te dis que je te ferai une attestation…

– C'est une solution de facilité, pas un argument.

– Est-ce que tu pourrais m'écouter sans discuter ?

– Maman, c'est toi qui m'as dit de toujours exiger des explications.

– Il n'y a rien à expliquer.

– Tu m'as aussi expliqué qu'un principe ne valait que lorsqu'on l'appliquait contre ses propres intérêts.

Encore une fois, Amel retourne contre elle les mots de sa mère. Elle lui a appris qu'il était facile de tenir une position de principes tant qu'elle ne risquait pas de nous être préjudiciable. Par exemple, prôner l'indulgence face à un vol, mais exiger que l'on punisse sévèrement celui qui nous vole. Ou, au contraire, réclamer la sévérité contre la violence, mais demander la clémence quand soi-même ou l'un de ses proches est sur le banc des accusés. Le cas qu'elle cite le plus souvent est celui auquel elle est confrontée tous les jours au travail, celui des migrants. C'est facile de dire qu'il faut fermer les frontières d'un pays mais que feraient les géopoliticiens de salon si leurs vies et celle de leurs proches étaient menacées ? Ça demande un effort d'être à la hauteur de ses principes, mais ça rend meilleur quand on y parvient. C'est pourquoi Salwa cède :

– D'accord, Amel. Mais je te préviens : j'appelle Djibril une fois. S'il ne répond pas, c'est ma solution qu'on retiendra. C'est compris ?

– Oui, maman. Et tu sais que je n'ai qu'une parole.

Le respect de la parole donnée est une des vertus auxquelles Salwa tient le plus et l'un des principes cardinaux qu'elle a transmis à sa fille. C'est pourquoi elle est prise à son propre piège quand, à la quatrième sonnerie, elle entend la voix embarrassée de son frère qui dit :

– Allô ?

La journée de Djibril Massini a été parfaite. Alors qu'il était sur le point de quitter le bureau, il a obtenu la réponse qu'il attendait depuis des mois : CBSH, une grande banque chinoise, délocalise son siège européen en France à la suite du Brexit et elle a décidé de confier toute l'organisation de son pôle gestion à BRM Consulting, le cabinet de conseil dont il est l'un des trois partenaires. BRM comme Bardieu, Renan, Massini. Ce n'est pas un simple contrat, c'est une manne. L'accord était attendu, mais personne n'aurait imaginé qu'il concernerait la totalité de l'activité. Le chiffre d'affaires va quintupler dès l'année prochaine et atteindre le milliard d'euros. Gilles Bardieu, le président, lui avait confié les négociations. En plaisantant à moitié, il lui a lancé qu'il mériterait sa place. Le premier résultat concret va être le nouveau nom du cabinet. Il avait été convenu que si le contrat était décroché, celui-ci deviendrait BMR Consulting, Massini passerait devant Renan. Comme dans un générique de film, l'ordre d'apparition est important, c'est une question de standing. La deuxième conséquence est que de très riche, Djibril va devenir très très riche. Sa fortune ne se comptera plus en millions mais en dizaines de millions d'euros. Déjà, son duplex de deux cent cinquante mètres carrés dans la rue de Berri lui semble trop petit. Il envisage son troisième déménagement en deux ans : à chaque promotion, un appartement plus grand, dans un étage plus élevé. Désormais, il sera tout en haut, là où les terrasses s'appellent des *rooftops*. L'Everest, en quelque sorte.

Il touche presque du doigt le rêve de faire définitivement entrer sa famille dans la haute société. Il s'imagine en train d'escorter l'année prochaine Ludivine à l'hôtel Peninsula où se déroule le Bal des Débutantes. Elle sera parmi les vingt-cinq jeunes filles qui seront introduites sur la base de trois critères : apparence, charme et parents célèbres. Il sait bien que c'est une expression hypocrite pour dire « d'une extravagante richesse ». En plus de l'argent, qu'il avait déjà, il pourrait conquérir le titre de directeur général et c'est important dans ce monde-là : on invite un PDG et non un simple partenaire, même fortuné. Et grâce à Marie, sa femme comédienne, le critère de célébrité est déjà rempli. Dès son plus jeune âge, Ludivine a appris les convenances qui siéraient à son futur statut. À trois ans, elle apprenait la harpe quand ses copines fréquentaient les aires de jeu. Elle aurait adoré jouer de la guitare, mais son père tenait absolument à cet instrument passé de mode depuis Louis XVI. Elle devait se cacher pour écouter sa musique préférée. Les cheveux de son père se dresseraient sur sa tête s'il savait que dans sa playlist il y avait plus de morceaux de Booba que de Mozart. En attendant ce jour béni, Ludivine organise son tout premier rallye cette semaine. Ce sera une espèce de générale, comme le dit sa femme, la toute dernière répétition avant la première : le Bal des Débutantes, dont elle a copié le format.

L'événement est tellement important que Ludivine a obtenu de son père, contre l'avis de sa mère, de sécher les cours tout le début de la semaine.

Djibril n'a pas pu se plonger dans ses rêves bien longtemps. Il a fallu régler les détails de la toute dernière réunion, qui scellera officiellement l'accord. Une formalité, a décrété Gilles, mais Djibril est prudent. Celle-là, il ne doit pas la manquer. Il faudrait un cataclysme pour que cela se produise. On y est presque, le cabinet va passer en six mois de cinquante collaborateurs à deux cents, un sacré changement d'échelle ! Et encore le double dans un an. Les locaux qu'ils avaient achetés il y a un an sur l'avenue des Champs-Élysées seront déjà trop petits. Djibril a dû passer des coups de fil à des cabinets pour recruter du personnel supplémentaire, démarcher une entreprise de déménagement, des électriciens, des ouvriers et un architecte d'intérieur pour agrandir les locaux le plus vite possible et prospecter pour en acquérir de nouveaux dans le quartier d'affaires de la Défense. Son début de soirée a été consacré à persuader l'entreprise de déménagement de se rendre disponibles dès le week-end pour commencer le travail. Il aurait pu déléguer cette tâche à ses assistants – il aurait dû, selon Gilles. Ce n'est pas le rôle d'un partenaire, encore moins d'un futur directeur général. Mais Djibril a voulu s'assurer que tout serait fait en temps et en heure. Il aime mettre la main à la pâte, comme il dit. L'obsession de tout contrôler le poursuit.

Gilles est déjà arrivé chez lui depuis plusieurs heures quand, sur le seuil de la porte de l'appartement, Djibril s'apprête à glisser son téléphone portable dans sa poche intérieure avec la satisfaction du devoir accompli. Un nom inattendu s'affiche sur son écran : Salwa. Il s'arrête net de tourner la clé dans la serrure de son appartement et se demande si ce n'est pas une erreur de manipulation de sa sœur. À la quatrième sonnerie, il se décide à répondre de la voix la plus détachée possible :

– Allô ?

– Djibril, c'est Salwa.

– Si ton nom n'était pas dans mon répertoire, je ne l'aurais jamais cru.

Le sarcasme est sorti de la bouche de Djibril malgré lui. Trop tard pour revenir en arrière. Il a donné le ton de la conversation.

– Djibril, ne rends pas les choses plus difficiles qu'elles ne le sont, j'ai quelque chose à te demander.

Djibril l'aurait parié : si sa sœur l'appelle, c'est qu'il est arrivé quelque chose de grave ou qu'elle a besoin d'un service. Il connaît son orgueil, ce doit être particulièrement important pour qu'elle lui téléphone. Une vive inquiétude s'empare de lui, distraite par Martin, son fils, qui lui saute dans les bras pour l'accueillir, avec le débordement d'enthousiasme d'un enfant de six ans. Djibril laisse tomber son téléphone pour rattraper de justesse Martin, en plein vol plané la tête la première. Il prend un ton ferme pour le rabrouer.

– Je t'ai dit de ne plus faire ça !

– Ah, très bien, si tu le prends comme ça... répond sèchement Salwa, qui croit qu'il s'adresse à elle.

– Non, Salwa, je parlais à Martin ! Tu sais, mon fils que tu n'as jamais vu...

Le reproche affleure une nouvelle fois dans le ton de Djibril. Les non-dits de ces dernières années le rattrapent d'un seul coup. Plus il essaie de les contenir, plus ils débordent, en forme de sous-entendus.

– Écoute, Djibril, je vais faire simple : ma fille a besoin de faire un stage d'observation en entreprise dès lundi prochain et elle a pensé à toi.

– J'imagine bien que ce n'est pas toi qui as eu l'idée.

– Arrête avec ton ironie, s'il te plaît. Tu sais que c'est pénible pour moi de te demander ça.

Djibril se souvient des bagarres de jeunesse avec son aînée d'un an. Elle le matait régulièrement, jusqu'à ce qu'il devienne plus grand et plus fort qu'elle. Même quand il l'avait dépassée d'une tête et d'une bonne vingtaine de kilos, elle résistait de toutes ses forces. Un jour, il lui avait cassé le radius, car Salwa avait refusé d'abandonner alors qu'il lui faisait une clé de bras. Elle n'avait même pas crié ou pleuré, et quand il avait fallu expliquer la situation à leur mère, elle avait prétendu être tombée de son vélo. Sur le chemin de l'hôpital, la mâchoire serrée, Salwa lui avait dit qu'elle assumait ses actes jusqu'au bout. Plus jamais il ne s'était aventuré à se battre avec elle, même pour rire.

– Écoute, Salwa, c'est compliqué pour moi en ce moment au travail. Tu appelles alors que je vais être promu…

– Si c'est ce que tu appelles une complication, merci et au revoir.

– Ce n'est pas ce que tu crois, c'est juste que des travaux vont commencer au bureau et que ça va être très lourd à gérer.

– Ne te justifie pas, j'ai compris. Je ne t'embêterai plus…

Alertée par les cris de joie de Martin accueillant son père, Marie apparaît dans l'encadrement de la porte. Elle a entendu le début de la conversation et essaie d'attirer l'attention de son mari en faisant des signes de la main. Il lui répond :

– Excuse-moi, je ne comprends pas.

– Pourtant c'est simple, je disais que je ne t'embêterais plus. Et arrêtons nos échanges de vœux hypocrites à chaque début d'année, s'emporte Salwa, qui le prend une nouvelle fois pour elle.

– Pas la peine de prendre la mouche, Salwa, ce n'est pas à toi que je le disais. Ma femme essaie de me parler !

– Décidément, c'est une habitude de t'adresser aux autres en même temps qu'à ta sœur.

Salwa est gênée de s'être emportée trop vite. Elle essaie de s'en sortir par une pirouette qui tombe à plat. La rancœur a rarement inspiré des bons mots. Pendant ce temps, Djibril lui demande « juste une seconde », puis il actionne la touche muet de son téléphone pour parler à son épouse.

– Qu'est-ce qu'il y a, ma chérie ?

– J'ai entendu le début de ta conversation. Tu es avec ta sœur, n'est-ce pas ?

– Oui.

– Papa a une sœur ?

C'est Martin qui interrompt la conversation. Il n'avait jamais entendu parler de sa tante et, tout à coup, la bonne humeur du garçon capricieux bascule. Il se sent trahi, comme le jour où il a appris que le Père Noël n'existait pas. Vexé, il s'en va en boudant. Marie se sert de la réaction de Martin pour réitérer un reproche fréquent :

– Chéri, tu trouves normal que ton fils ne connaisse ni sa tante ni le reste de sa famille ?

– Euh…

– Que veut Salwa ?

– Quelque chose d'impossible.

– Dis quand même.

– Sa fille doit faire un stage d'observation en entreprise. Je lui expliquais que je ne pourrais pas l'accueillir. Je voulais te l'annoncer dans d'autres circonstances : on a décroché le contrat avec la banque CBSH. Ça y est, Gilles m'a annoncé à demi-mot que j'allais devenir DG !

– C'est super ! Félicitations, mon chéri ! Mais en quoi ça t'empêche d'accueillir ta nièce ?

– Il va y avoir plein de détails à régler dès lundi. Je n'aurai pas le temps de m'occuper d'elle.

– C'est toi qui fais le déménagement ? C'est le rôle du DG ?

– On croirait entendre Gilles... Tu sais bien que je ne peux pas laisser ça aux autres.

– Je sais bien que tu ne veux pas laisser ça aux autres... Et moi alors ? Je peux en parler à la Comédie-Française, je suis sûr que ça ne dérangera personne ! Je me souviens des pièces que Ludivine et Amel s'amusaient à jouer pour nous. Des comédiennes-nées !

– Tu t'emballes, Marie. Les délais sont très courts et les enfants de cet âge sont turbulents.

– Oh, l'année dernière, ça s'est très bien passé avec Ludivine pour son stage de troisième !

– Tu ne penses pas que ça va être difficile de préparer l'événement de mercredi avec Amel dans les pattes ?

– L'événement de mercredi ?

– Le rallye de Ludivine, voyons !

Le regard de Djibril est lourd de reproches. Il a plusieurs

fois déploré que Marie ne s'intéresse pas à la vie mondaine de sa fille. Pour elle, ce n'est pas si important. Mais pour Djibril, c'est un plan de carrière, une façon de tourner définitivement la page de son passé.

– On se débrouillera pour le rallye.
– Comment ça ? C'est dans cinq jours !
– C'est bien ce que je dis, on a le temps.

La désinvolture de sa femme sidère Djibril. Une artiste dans toute sa splendeur, alors que lui veut tout prévoir. C'est son métier et sa façon d'être. Dès que les événements débordent du cours prévu, il panique. Il sent un drôle de picotement au fond de lui, un signe avant-coureur de ce sentiment désagréable. Ses parents ne savaient jamais de quoi les lendemains seraient faits. Un jour, ils avaient failli être expulsés de leur petit appartement et, depuis, Djibril s'était juré qu'il sortirait de la misère. Il était devenu un élève modèle. L'image de ses parents recroquevillés devant l'huissier lui inspire un dernier argument :
– Tu ne connais pas Amel. Elle vient de Saint-Denis, c'est différent.
– Pardon ?
– Tu sais bien ce que je veux dire…
– Attends, toi aussi tu viens de Saint-Denis et pourtant on est bien ensemble, non ?

Djibril est coincé. Il ne veut pas avouer à sa femme qu'il ne souhaite pas renouer avec sa sœur, même indirectement. Il sait bien qu'il pourrait prendre Amel au cabinet, mais il ne veut pas rouvrir les blessures de son passé. Hélas, plus il cherche des excuses, plus Marie trouve de raisons pour accueillir Amel. Qui sait ce que sa nièce pourrait raconter à sa femme si elles se côtoyaient toute une semaine ? Qu'est-ce que Salwa a pu lui dire de leur brouille ? Que se passerait-il si elle répétait les raisons à sa tante, soit par volonté de nuire, soit par inadvertance ? Si Amel reste auprès de lui, il pourra l'avoir à l'œil. C'est décidé, il va la prendre en stage chez BRM Consulting. Marie le félicite de sa décision dont elle ne soupçonne pas les motivations intéressées. Il reprend la conversation avec sa sœur.

– C'est bon, Salwa, Amel pourra venir en stage dès lundi. Tu habites toujours Saint-Denis ?

– Oui, sinon je ne recevrais pas tes formidables cartes de vœux tous les ans.

– Tu pourras la récupérer au bureau le soir ou je la fais déposer en taxi chez toi ?

– Elle peut aussi bien prendre les transports en commun, c'est une grande fille. Je ne veux pas qu'elle prenne des goûts de luxe.

– Très bien, je…

Marie arrache le téléphone des mains de Djibril en plein milieu de sa phrase.

– Salwa, c'est Marie. Il est hors de question qu'Amel rentre tous les soirs chez toi ! On l'accueillera bien volontiers toute la semaine.

– Tu es sûre que ce ne sera pas un dérangement ?

– Ça ne m'embête pas le moins du monde.

– Je ne pensais pas à toi, mais à Djibril.

– J'en fais mon affaire, Salwa.

Djibril est estomaqué par la décision unilatérale de sa femme. Il n'a pas le temps de lui en faire le reproche que Martin réapparaît à la porte, derrière laquelle il espionnait la conversation. Il sautille dans tous les sens en vociférant :

– Ma cousine va venir à la maison ! Ma cousine va venir à la maison !

Ludivine sort de sa chambre, agacée par le vacarme. Quand elle apprend qu'Amel va s'installer dans l'appartement dès lundi prochain, elle soupire. Ça tombe au pire moment, alors qu'elle organise son tout premier rallye. C'est la soirée de l'année, toute la crème de Paris est invitée. Elle se dit que c'est une longue, très longue semaine qui commence. Elle n'imagine pas à quel point elle a raison.

LUNDI

Amel déteste le lundi matin. L'insouciance du week-end cède la place aux problèmes de l'école. Aujourd'hui, c'est différent : c'est son premier jour de stage chez BRM Consulting, le cabinet où travaille son oncle Djibril. Pour être sûre de le reconnaître, elle a dû chercher son portrait sur LinkedIn. Bizarrement, elle est tombée sur « Gabriel » Massini. Une erreur, sans doute, tout comme les correcteurs automatiques transforment souvent « Amel » en « Axel ».

Il n'y a que vingt minutes entre les stations de métro Basilique de Saint-Denis et Champs-Élysées-Clémenceau, pourtant des années-lumière séparent Salwa et son frère. De Djibril, Amel ne connaît que les piques lancées de temps en temps par sa mère, quand elle reçoit sa carte du Nouvel An. Elle ne va jamais plus loin que des allusions, si bien que personne ne sait vraiment ce qui les a séparés. Même Mohand, le père d'Amel, n'a pas été mis dans la confidence et il le reproche souvent à sa femme. « Comment veux-tu qu'Amel apprenne l'esprit de famille si tu l'éloignes de la tienne ? » est une des antiennes qu'Amel a le plus entendues au cours de ses quatorze premières années. Salwa se contente de répondre que les cinq sœurs et les deux frères de Mohand compensent plus que largement.

Amel traîne la valise remplie à ras bord par sa mère, aussi inquiète que lors de son premier départ en colonie de vacances. Elle l'a déposée en voiture jusqu'à la station, refrénant du mieux qu'elle pouvait son envie de la prendre dans ses bras. À l'adolescence, on est avare en démonstrations publiques d'affection. Salwa a appris à sa fille à être forte. Elle s'évertue à s'appliquer à elle-même ce conseil en la laissant se diriger seule vers le quai.

Dans la ligne 13 du métro parisien, le paysage social français défile. Entre les stations Basilique de Saint-Denis et Champs-Élysées-Clémenceau, on passe en vingt minutes des quartiers populaires du 93 à l'un des arrondissements les plus chics de Paris, le VIIIe. Vingt minutes est une estimation optimiste. La ligne n'est pas épargnée par les problèmes, qui peuvent décupler la durée d'un trajet. Si on est superstitieux, on peut y voir une confirmation de la malédiction du chiffre 13. Plus on s'approche de Paris, plus les costume-cravate et les tailleurs stricts se substituent aux tenues streetwear de la banlieue. La moyenne d'âge augmente peu à peu et c'est une majorité de quadragénaires pressés qu'Amel croise dans les couloirs du métro Champs-Élysées-Clémenceau. Il lui semble que tous ces gens sont en vitesse accélérée, alors que ses propres semelles collent au quai. Amel se demande ce qu'ils mangent au petit déjeuner pour être aussi vifs de si bonne heure. Ce qui est sûr, c'est qu'ils ne lisent pas de manuels de politesse : aucun de ceux qui la bousculent ne prend le temps de s'excuser. Ce sont des silhouettes furtives qui disparaissent au détour d'un couloir et dont ne subsiste que l'écho des talons renvoyé par les murs.

Amel a enfin trouvé la bonne sortie de métro. Son téléphone lui indique que les locaux de BRM Consulting devraient être là, juste devant elle, mais des déménageurs barrent l'accès au hall de l'immeuble. Elle vérifie plusieurs fois qu'elle a tapé la bonne adresse, avant de se décider à slalomer entre les hommes et les meubles. Au moment de franchir le seuil, elle reçoit un texto de Polycarpe qui lui souhaite bonne chance avec un smiley. Amel soupire : elle sent qu'elle en aura bien besoin. Elle se demande encore si elle est au bon endroit lorsqu'elle croise Djibril. Il ne ressemble pas vraiment à sa photo de profil sur LinkedIn. Il lui faut quelques longues secondes pour comprendre que cet homme bronzé, à la large carrure, au costume impeccable, aux gestes rapides et précis, est son oncle. C'est le sosie des types qu'elle a vus dans le métro. Il semble s'être cloné car, autour de lui, tous portent le même uniforme. Djibril se demande qui est cette jeune fille mal fagotée qui le dévisage. Probablement la fille d'un déménageur, aucun employé de BRM Consulting n'oserait venir habillé en jeans et baskets. Quand elle s'avance vers lui, il remarque la valise qu'elle traîne derrière elle et devine qu'il se trouve devant sa nièce.

– Bonjour, tonton Djibril !

– Euh... Bonjour, Amel. Qu'est-ce que tu fais là ?

– Ben, c'est mon premier jour de stage !

– Ah oui, j'avais complètement oublié. Il y a tellement à faire ici, comme tu peux le voir. Ça ne t'ennuierait pas de revenir demain ?

– Tu n'es pas sérieux, tonton Djibril ? Avec ça ?

Amel montre sa grosse valise à Djibril. Il reconnaît dans cette attention excessive la marque de sa grande sœur. Elle ne le laissait pas partir à l'école sans vérifier que son cartable contenait tous ses manuels et tous ses cahiers d'exercices, sans oublier d'y mettre des biscuits pour le goûter.

– Ta mère ne peut pas venir te chercher en voiture ?

– Elle est partie à Calais. Mais bon, si ça te dérange, je peux me débrouiller.

Amel emprunte à sa mère le ton pincé de l'orgueil. La vérité est que, si Djibril ne l'accueille pas chez lui, elle sera bien embêtée. Elle n'a même pas les clés de l'appartement de Saint-Denis. La méfiance de Salwa vis-à-vis son frère ne va pas jusqu'à imaginer qu'il la puisse la laisser tomber dès la première seconde.

– Bon, ben, au revoir tonton Djibril !

Amel tourne les talons, persuadée qu'elle trouvera une solution. Elle est débrouillarde, comme le reconnaît sa mère. Elle passe déjà mentalement en revue la liste de ses amis susceptibles de l'accueillir quand Djibril la rattrape par le bras.

– Tu es butée comme ta mère, Amel.

Au moment où Djibril se met à parler, le bruit strident d'une perceuse siffle à travers la pièce. Amel comprend : « Je vais te buter, comme ta mère. » Les yeux écarquillés de surprise, elle esquisse un mouvement de recul. Djibril resserre un peu plus sa poigne pour la retenir. Amel comprend mieux pourquoi sa mère ne lui a jamais présenté son oncle psychopathe !

– Tonton Djibril, tu ne peux pas faire ça, il y a des témoins autour de nous.

– Qu'est-ce que tu racontes ? Et tu veux bien arrêter de m'appeler tonton Djibril à tout bout de champ ?

– Je t'appellerai comme tu veux pourvu que tu me lâches, tonton…

Amel se retient de finir par Djibril. Elle ne veut pas fâcher encore plus son oncle, dont l'affabilité avec les ouvriers tranche avec le ton qu'il vient d'employer.

– Appelle-moi Gabriel.

– D'accord tonton Dj… Euh, Gabriel.

Amel se souvient que c'est le prénom qu'elle a lu sur LinkedIn. D'ailleurs, l'ouvrier qui est en train de percer tient à la main une plaque dorée sur laquelle on peut lire : *Gabriel Massini*. Pas de doute, l'erreur n'en était pas une. Les indices d'un dédoublement de la personnalité se multiplient. Inquiète d'être face à un nouveau Docteur Jekyll et Mister Hyde, Amel l'interroge du regard.

– Je t'expliquerai plus tard, Amel. En attendant, tu peux me dire pourquoi tu es venue comme ça ?

– Qu'est-ce que tu veux dire ? Je suis normale.

– Justement, c'est le problème. Ta mère ne t'a pas appris que dans le monde de l'entreprise il y avait des codes ?

– À part le Code civil et le Code pénal, Maman ne croit à aucun code.

– Eh bien, tu vas apprendre qu'ici on soigne son apparence.

Pendant l'échange, les ouvriers interrompent régulièrement Djibril pour lui poser des questions : où doit-on mettre tel meuble ? Tel cadre ? Tel élément de décoration ? Djibril leur répond invariablement que l'architecte d'intérieur le leur dira demain. Submergé, il se tourne une dernière fois vers Amel :

– Écoute, j'ai beaucoup de choses à faire pour le moment, à commencer par appeler l'architecte. Pourquoi tu n'irais pas sur les Champs-Élysées pendant que je gère la situation ? Je vais dire à ta cousine Ludivine de t'y rejoindre pour te débarrasser de tes valises et te prêter des vêtements, d'accord ?

Amel hoche la tête, soulagée de mettre de la distance entre elle et ce Gabriel qui lui a dit comme si de rien n'était qu'il allait la buter.

En remontant les Champs-Élysées vers la place de l'Étoile, Amel s'imagine l'Arc de triomphe en immense agent de police autour duquel la circulation s'enroule. Est-elle déjà venue ici ? Non, elle se souviendrait de la plus belle avenue du monde. Sur la droite de l'avenue, Amel reconnaît quelques enseignes de fast-food, de vêtements, de distribution, des salles de cinéma… À gauche, des restaurants et des magasins chics dont les noms ne lui disent rien. Elle se range spontanément vers ce qu'elle connaît, à droite, même si la foule, plus dense, rend le déplacement plus difficile avec sa valise. On est encore loin de l'affluence du marché de Saint-Denis où, le samedi matin, elle navigue aisément avec le cabas à roulettes de sa mère.

En attendant des nouvelles de Ludivine, Amel décide de s'offrir un verre bien mérité à la terrasse d'un café. Dès qu'elle est installée, un serveur lui tend la carte. Amel constate que les tarifs sont bien au-dessus de ses moyens, mais par fierté elle s'apprête à commander un café, la consommation la moins chère, alors qu'elle déteste ça. Ce serait la honte de partir. Quelle image donnerait-elle ? Elle regrette déjà les cinq euros (!) qui vont s'envoler de sa poche quand le coup de fil attendu de Ludivine la délivre. Elle lui donne rendez-vous dans un magasin de l'avenue Montaigne. Pour justifier son départ précipité, Amel montre le texto de sa cousine au garçon de café, surpris par cet excès d'égards.

Quand Amel tourne à droite vers l'avenue Montaigne, elle se demande si Ludivine ne s'est pas trompée d'adresse. Les Champs-Élysées lui paraissaient le summum du chic, mais que dire de l'avenue Montaigne, où se succèdent les magasins de luxe ? Aux entrées, il y a même des vigiles ! Amel se sent toute petite en arrivant au point de rendez-vous. L'homme en costume serré posté devant la baie vitrée la dévisage, ce qui renforce son impression d'être une intruse. Elle hésite à rebrousser chemin, puis se rappelle les propos de sa mère avant son départ pour le VIIIe arrondissement : « Ne fais pas de complexes. Ce sont des gens comme nous, ils ont juste un peu plus de fric. » C'est l'une des rares fois qu'Amel a entendu un mot familier dans la bouche de sa mère. Elle qui est si attachée au respect des autres s'est exprimée avec une pointe de dédain.

Dans les travées presque désertes de la boutique, la sensation de malaise d'Amel grandit. On ne peut pas la rater avec son énorme valise dont les roues grincent contre le sol immaculé. C'est le seul bruit qu'on entend. Ici, on ne parle pas, on chuchote ; on ne marche pas, on glisse. On a l'impression d'être dans un temple dédié au silence. Une jeune femme élégante se penche vers Amel pour lui murmurer à l'oreille :

– Puis-je vous aider, mademoiselle ?

– Euh… Je regarde juste les vêtements.

– Quelque chose vous intéresse en particulier ?

Amel se demande ce que lui veut cette personne avant de comprendre que c'est une vendeuse. Il faut se pincer pour le croire, car elle ressemble à une gravure de mode. Au lieu de lui avouer qu'elle attend sa cousine, elle se fait passer pour une cliente.

– Pourrais-je savoir combien coûte cette robe, s'il vous plaît ? Le prix n'est pas inscrit. C'est probablement une erreur d'étiquetage.

Amel connaît bien les magasins de vêtements, cet été elle a travaillé chez Degriff'93 à Saint-Denis. Aminata, la directrice, était très attentive à l'étiquetage. Elle répétait sans cesse : « Il faut que les clients sachent que nos produits sont les moins chers. »

– La politique de la maison est de ne pas afficher les prix.

– Vous voulez dire que les gens achètent sans savoir ?

– On peut dire ça comme ça. Voulez-vous me dire ce que vous souhaitez ?

– Il y a un problème, mesdames ?

Le vigile s'est approché discrètement d'Amel et de la vendeuse, qui parlent un demi-ton trop haut par rapport aux standards. D'un mouvement de bras, il indique un coin à l'abri des regards et, tandis qu'Amel le suit, elle croise Ludivine. Elle pousse un ouf de soulagement :

– C'est ma cous…

– C'est une amie. Laissez, Pierre, je m'en charge.

Ludivine a coupé la parole à Amel, estomaquée que sa cousine la fasse passer pour une amie. Elle a honte ou quoi ? Le vigile se reprend :

– Désolé, mademoiselle Massini, j'ignorais que vous connaissiez cette… personne.

Et que signifie ce temps d'arrêt avant de la qualifier de «personne»? Cette respiration en plus, comme s'il avait repris son souffle pour la vomir. Trop, c'est trop, Amel va exprimer sa colère quand un «Diviiiiiiiiiiiine» l'interrompt dans son élan. Devant les deux jeunes femmes, Maximilien Defresnes, le fameux styliste connu pour son émission de relooking, se pâme devant Ludivine. Il plaque ses mains sur son visage, exagérant sa joie, puis il colle deux bises bruyantes sur les joues de sa cousine. Il ne regarde pas Amel, comme si elle n'existait pas.

– Ma Divine, je t'ai fait une robe unique!

– Merci, mon Maxou, je savais que tu serais absolument parfait.

La voix de Ludivine s'est élevée de plusieurs tons, tout le magasin l'a entendue. Son accent snob ne ressemble en rien à celui de la personne qu'elle a connue quand elles étaient gamines. Et qu'elle appelait aussi Divine.

– Ta robe sera prête dans deux jours, comme prévu.

– Je peux la voir?

– Surtout pas, ça te porterait malheur! Nous l'avons dessinée ensemble, maintenant il faut me faire confiance.

– Tu sais bien que ce n'est pas une question de confiance...

Comme son père, Ludivine doit tout contrôler. Pour le rallye, elle s'est occupée des moindres détails, de la liste des invités aux serviettes de table. Tout doit être parfait. Elle a copié le Bal des Débutantes, jusqu'à louer l'Hôtel Peninsula où se tient la cérémonie chaque année. Son père tient qu'elle soit prête le jour J, quand elle fera son entrée dans le monde. Heureusement qu'il était pris par le travail, sinon il n'aurait pas pu s'empêcher de se mêler des préparatifs. Il lui avait glissé : «Tu vois, tes cours de harpe ont servi à quelque chose», comme si ç'avait un rapport.

– C'est fou, tu ressembles de plus en plus à ta mère, reprend Maximilien Defresnes.

– Tu me dis ça à chaque fois.

– Car c'est de plus en plus vrai !

– Je sais, je sais. Les gens dans la rue m'arrêtent et me demandent si je ne suis pas la détective Dedremont. Cette série a marqué une génération. Ça rend maman folle, on ne retient que ça d'elle alors qu'elle est à la Comédie-Française...

Amel dévisage Ludivine. Mais oui, bien sûr, c'est le portrait craché de la détective Dedremont de la série *Pour l'amour de la loi* ! Elle l'a regardée pendant des années, elle connaît tous les épisodes par cœur. Le personnage corrigeait ceux qui disaient « le détective ». Il fallait dire « la détective ». Ça, c'était une femme forte. Et c'était sa tante qui tenait le rôle principal ? Vraiment ? Comme elle aurait pu frimer si elle avait eu cette information ! Au collège, ils vont être fous ! Elle n'en revenait déjà pas que sa cousine soit à tu et à toi avec ce styliste si médiatique. Là, c'est le pompon. Personne ne la croira, elle en est persuadée. C'est pourquoi elle surmonte sa timidité pour demander :

– Excusez-moi, monsieur Defresnes, je peux prendre un selfie avec vous ? Et avec toi, Ludivine ?

Maximilien la considère de haut en bas, avec la même grimace que dans son émission de relooking avant de balancer à un candidat qu'il est habillé comme l'as de pique. Il interroge Ludivine du regard, elle aussi interdite, qui lui répond :

– Excuse-la, Maxou, c'est une amie de province.

Après avoir élagué Amel de l'arbre généalogique familial, Ludivine vient de délocaliser Saint-Denis en province. Elle la fait passer pour l'idiote du village de passage à la capitale.

– Écoutez, si ça ne vous dérange pas de vous faire prendre en photo avec cette allure, allons-y. Mais c'est seulement parce que vous êtes une amie de Divine.

« Divine », c'est bien le dernier mot qui lui viendrait à l'esprit pour qualifier sa cousine à cet instant ! Amel se force à sourire béatement pour la photo, qu'elle envoie ensuite à sa liste d'amis du collège. En commentaire, elle ajoute :

Devinez avec qui je suis ????

Quelques secondes après, son téléphone vibre comme un jour d'anniversaire. C'est un festival de messages admiratifs ou jaloux.

Incroyable, tu es avec la détective Dedremont !!!

Maximilien Defresnes, je l'aime trop !!!

Qu'est-ce que font deux stars avec une inconnue, c'est moi qui devrais y être !

Tu as vachement progressé en Photoshop !

Un message se distingue des autres, celui de Polycarpe :

C'est qui ?

Quand Ludivine en a fini avec les papotages, elle se précipite vers la sortie en faisant discrètement signe à Amel de la suivre. Cinq mètres devant elle, elle ne lui propose pas de l'aider à tirer son bagage. Ce n'est qu'arrivée au croisement de l'avenue des Champs-Élysées qu'elle consent à se tourner vers sa cousine :

– Tu as fait bon voyage, chère cousine ?

– Tu te rappelles que je suis ta cousine maintenant !

– Ne le prends pas mal mais... Enfin, tu comprends.

– Non, je ne comprends pas. Tu veux bien m'expliquer ?

– Oh ça va, je ne voulais pas te vexer. C'est juste que je suis à cran à cause du rallye. C'est dans deux jours, c'est bien normal, non ?

– Tu as l'âge de conduire ?

– Euh... je vois pas le rapport.

– Le rallye, c'est bien une course automobile ?

– Non, mais j'hallucine ! Dis-moi que tu plaisantes.

Les yeux écarquillés d'Amel sont un aveu d'ignorance. C'est inconcevable pour Ludivine.

– Je le crois pas ! Tu ne plaisantes pas ! C'est un événement mondain. Ce sera le tout premier que j'organiserai, il aura lieu à l'Hôtel Peninsula, comme le Bal des Débutantes, tu te rends compte ?

– Oh, ça va, ce n'est qu'un bal. Moi, je vais à celui des pompiers tous les 14 Juillet et j'en fais pas toute une histoire.

– Je te parle du Bal des Débutantes et tu me parles du bal des pompiers ! Sache que ça n'a ab-so-lu-ment-rien-à-voir. C'est une soirée où seulement vingt-cinq jeunes filles triées sur le volet sont invitées pour être introduite à la haute société.

– Vingt-cinq, c'est pas beaucoup, les invités doivent s'ennuyer.

– Tu rigoles, c'est parce que c'est la fête la plus sélecte qu'on est si peu nombreuses.

– Ah ouais ? Eh bien, j'ai invité plus de monde à ma soirée d'anniversaire et c'était fun.

Ludivine sourit. Elle hésite à lui répondre et puis non : ça ne servirait à rien, Amel ne peut pas comprendre. Un silence s'installe, interrompu par Amel. Elle dit la première chose qui lui passe par la tête.

– Je savais pas que tata Marie était la détective Dedremont. C'est dingue !

– Arrête, elle déteste qu'on l'appelle comme ça. Elle est sociétaire de la Comédie-Française, mais on ne lui parle que de ce rôle.

– Ouais, la Comédie-Française, c'est quelque chose quand même…

Amel essaie de masquer son ignorance. Elle ne veut pas passer pour une imbécile une seconde fois après l'histoire du Bal des Débutantes. Discrètement, elle envoie un texto à Polycarpe :

C'est quoi, la Comédie-Française ???

Il lui répond dans les trente secondes que c'est le théâtre le plus connu de France, une institution fondée au XVIIe siècle et surnommée « la maison de Molière », même s'il était déjà mort à l'époque de son inauguration. Amel décide d'exploiter cette dernière information :

– Et qu'est-ce que tata Marie a joué dans… euh… la maison de Molière ?

– Cette année, elle a interprété la comtesse dans *L'heureux stratagème* de Marivaux, elle a joué dans *Antigone* de Sophocle, *Phèdre* de Racine…

– Ah oui, j'ai étudié *Phèdre* cette année !

– On vous a organisé une sortie au Français ?

– Oui, c'était bien en cours de français.

– Le Français, c'est le nom qu'on donne à la Comédie-Française.

– Ah oui, bien sûr. J'avais mal entendu ta question. Nous n'y sommes pas allés, mais je me souviens qu'Ilyes n'arrêtait pas de demander à Mahmadou de répéter « le cèdre de Phèdre ».

– Je ne vois pas le rapport.

– Mahmadou a un cheveu sur la langue. Il disait « le Phèdre de Phèdre » !

Amel est morte de rire en repensant à la scène. Une lueur d'incompréhension traverse le regard de Ludivine. Comment peut-on rire du destin tragique de Phèdre ? Elle émet un petit rire hypocrite puis demande à sa cousine :

– Amel, est-ce que tu as remarqué quelque chose de spécial dans le magasin ?

– Oui, plein ! Déjà, il n'y avait pas d'étiquettes aux vêtements. Franchement, ça se fait pas !

– Au contraire, ce serait inélégant d'afficher les tarifs. On n'est pas au café ! Mais bon, ce n'est pas de ça que je parlais. Tu n'as pas vu Émérance de Cujas-Mestran ?

– Qui ?

– C'est l'organisatrice du Bal des Débutantes.

– Euh…

– Sa photo est dans tous les magazines féminins. Elle est même passée plusieurs fois à la télé !

Émérance de Cujas-Mestran est la cause de leur départ précipité du magasin. C'est elle qui décidera si Ludivine sera invitée au Bal des Débutantes l'année prochaine. Elle l'a conviée à son rallye pour rentrer dans ses petits papiers. Elle aurait été embarrassée qu'elle la surprenne avec sa cousine si mal habillée. Elle a une réputation à tenir, la moindre faute pourrait la compromettre. Amel a besoin de leçons sur les manières de la haute société et Ludivine lui donne la première :

– Au fait, ne refais jamais ça.

– Quoi ?

– Un selfie avec Maxou. Et puis quoi encore ?

– Les copains sont verts de jalousie…

– Oui, mais tu vois, ça fait carrément bouseux. On est à Paris, pas dans ta province.

Amel renonce à expliquer à Ludivine que Saint-Denis n'est pas en province. Ou peut-être a-t-elle raison : elle se sent tellement loin de sa cousine que le 93 lui paraît au bout du monde.

Amel est prisonnière du tissu qui la picote aux entournures, comme dans son costume de Catwoman à Halloween. Cette fois, c'est son tailleur qui la gêne. Le nombre de ces déguisements que Ludivine possède est impressionnant. Son dressing-room a la même surface que la chambre d'Amel à Saint-Denis! Dans la pièce attenante, Ludivine a choisi parmi plusieurs piles des chaussures classées en fonction de la hauteur des talons. Perchée sur sept centimètres, Amel se sent dans la peau d'une funambule en titubant dans les bureaux de BRM Consulting. Sa progression est d'autant plus délicate que les gravats au sol se sont multipliés. Marchant sur des œufs, elle termine miraculeusement son slalom sur ses deux jambes. Dans le seul bureau à peu près en ordre, Djibril parle avec Gilles, le patron. Les éclats de leurs voix parviennent jusqu'à Amel, en attente dans le couloir. Djibril n'a reçu aucune nouvelle de l'architecte d'intérieur, qui ne répond pas à ses coups de fil. Le pire est qu'il a déjà reçu la moitié de la somme allouée au chantier. Ce serait une catastrophe s'il ne tenait pas ses engagements verbaux. Bientôt, les ouvriers auront fini le gros œuvre, comment feront les déménageurs demain? Au lieu d'attendre qu'on l'appelle, Amel décide d'entrer dans la salle pour proposer son aide:

– Je peux me rendre utile, tonton Dj... euh Gabriel?

– Non, je crains que tu ne doives quitter plus tôt aujourd'hui. À moins que...

Djibril hésite à poursuivre. Amel l'encourage du geste. Djibril termine sa phrase :

– À moins que tu ne saches préparer le café.

Préparer le café ? Amel pensait que son stage lui servirait à découvrir le monde professionnel, pas à devenir serveuse. Déçue, elle décide malgré tout de s'exécuter. Pendant qu'elle insère une capsule dans la machine à café, elle s'imagine en train de décrire à Mme Ayoun combien son stage lui a permis de s'épanouir : grâce à cette expérience, elle saura la différence entre l'arabica et le robusta, le café colombien et le costaricain... Plutôt que continuer à ruminer, elle profite de ce temps mort pour téléphoner à Polycarpe :

– Pol', c'est horrible, je prépare le café !

– Je croyais que tu travaillais dans un cabinet de consulting.

– Ça ressemble plus à un magasin de bricolage en ce moment. Et toi, ça se passe bien à l'épicerie ?

– Avec les clients, ça se passe parfaitement. Mme Lisandro m'a même apporté un sandwich pour le déjeuner alors que j'avais déjà ma gamelle.

– C'est qui, Mme Lisandro ?

– C'est la bibliothécaire, mais c'est vrai que tu peux pas la connaître.

– Très drôle !

– Désolé, on se rappelle plus tard, des clients arrivent en caisse. Sois courageuse et accroche-toi, Amel !

Amel n'a pas le temps de saluer Polycarpe, car il a déjà raccroché. Le café est prêt. Elle en a préparé un pour son oncle et un pour Gilles. Sa mère aurait détesté la voir servir des patrons. Amel préfère se dire qu'elle entretient de bonnes relations sociales. Elle s'approche du grand bureau où les deux hommes poursuivent leur discussion. Le sujet a changé. Entre deux coups de marteau, elle entend Gilles dire :

– Bientôt, ce sera MBR Consulting : Massini, Bardieu, Renan Consulting. Ton nom va apparaître en premier, tu le mérites bien. On va refaire les plaques dès à présent !

Gilles est très expressif. Ses traits se déforment exagérément chaque fois qu'il parle, on dirait qu'il mâche littéralement les syllabes. Son visage ressemble à une marionnette en caoutchouc dont le fil serait attaché à la mâchoire. Amel ne sait pas distinguer ce qui relève de son expression normale ou de l'agitation. Quand il s'adresse à elle avec un drôle de rictus, elle ne comprend pas qu'il est en train de la prévenir de faire attention à un fil qui pend au sol. L'avertissement lui monte au cerveau alors qu'elle s'affale déjà de tout son long. Prise dans son élan, elle lâche les tasses qui ont la fantaisie de voler jusqu'à la belle chemise blanche de Gilles.

C'est la cinquième fois que Djibril bute sur la chute de son histoire. À chaque tentative, il est pris d'un fou rire qui l'empêche d'aller au bout. La tablée le regarde avec curiosité. C'est de plus en plus rare de le voir avec cette expression de joie enfantine. Il raconte à Marie, Ludivine et Martin le vol plané d'Amel et ses retombées sur la chemise de Gilles. Heureusement, il y a eu plus de peur que de mal. Djibril ponctue, en se tenant les côtes :

– Vous auriez dû voir ça ! C'était quelque chose !

– Oh, c'est bon, on a compris, tonton Gabriel…

Amel reçoit un énorme coup de pied sous la table. Elle soupçonne d'abord ce garnement de Martin, dont les caprices l'agacent de plus en plus. Les gros yeux de Djibril le désignent comme coupable. L'attitude de son oncle trahit sa panique, sans qu'Amel sache à quoi l'attribuer. A-t-elle commis une nouvelle gaffe ? Les mœurs du VIIIe arrondissement de Paris sont décidément impénétrables. Étrangère à l'échange muet qui se déroule entre son père et sa cousine, Ludivine demande :

– Pourquoi tu appelles papa Gabriel ?

Amel comprend. Sa famille ne sait pas que Djibril se fait appeler Gabriel au travail. Le secret de cette double identité paraît curieux : qu'est-ce que son oncle veut cacher ? L'information est disponible sur Internet mais, semble-t-il, personne ne s'est donné la peine de la chercher. Sans élément de réponse, Amel essaie tout de même de sauver les apparences en allumant un contre-feu :

– Oh, tu sais, Ludivine, je viens de ma province…

– Ne me dis pas que je t'ai vexée avec cette petite phrase de rien du tout?

La question est purement rhétorique, Ludivine n'attend pas la réponse d'Amel, dont la ruse fonctionne. Elle enchaîne sur sa fin de matinée au magasin. Il n'en fallait pas beaucoup pour la faire parler de son sujet favori : elle-même.

– Maxou m'a promis que ma robe serait su-bli-me. J'ai hâte d'être après-demain. Les 24 autres participantes seront mortes de jalousie. Ton costume est prêt, papa?

– Il me sera livré demain. Du sur-mesure pour ma fille parfaite.

Djibril embrasse sa fille, et aussitôt Martin, jaloux, se met à gémir. Il jette ses couverts par terre de mauvaise humeur. Au lieu de le rabrouer, Marie enlace l'enfant pour le consoler, lançant par-dessus son épaule un regard incitant Djibril à l'imiter. Le père prend à son tour son fils dans ses bras. Amel a presque envie de recracher son gratin devant ce portrait factice de la famille modèle. Si elle s'était permis une telle attitude devant ses parents à six ans, elle se serait retrouvée consignée dans sa chambre sans dessert. Martin arbore un air satisfait puis condescend à reprendre le cours de son repas. Djibril ramasse fourchette et couteau. Amel n'en revient pas.

– Ce n'est pas Martin qui devrait réparer ce qu'il a fait?

– Pardon? répond Djibril, interloqué.

Tout le monde dévisage Amel comme si elle venait de prononcer la pire des énormités. Pourtant, sa remarque lui semble frappée du sceau du bon sens. Décidément hypersensible,

Martin est au bord des larmes. Ludivine le prend à son tour dans ses bras :

– Ne l'écoute pas, elle dit n'importe quoi, mon Martin. N'est-ce pas que tu blagues, Amel ?

– Euh…

Ludivine lance à Amel un clin d'œil en signe de connivence. Au lieu de mentir, Amel préfère changer de sujet sans transition :

– Alors, tata Marie, ça se passe bien cette saison au Français ?

– Oui, très bien. Les représentations de *Phèdre* sont complètes jusqu'à la fin de l'année.

– Ah, c'est dommage, je ne pourrai pas y assister.

Amel exprime sa frustration par pure politesse, elle n'avait pas l'intention d'aller la voir au théâtre. Aucune représentation ne sera aussi drôle que Mahmadou en train de réciter « le Phèdre de Phèdre ».

– Oh, mais tu sais, Amel, chaque sociétaire a des invitations. Viens donc me voir demain.

– Euh…

– C'est comme si c'était fait.

Amel est prise à son propre piège. Elle cherche une excuse, mais Ludivine intervient :

– Et moi alors, maman ?

– Quoi, toi ?

– Tu ne m'invites jamais à venir te voir.

– Tu plaisantes ? C'est toi qui ne veux jamais !

– Je veux venir demain.

– Et le rallye ?

– La salle est prête, le traiteur est prêt, la robe est prête, mon cavalier est prêt, mon père est prêt. Ça me permettra de souffler un peu avant le grand événement. Je viendrai avec Christian pour qu'on voie ensemble les derniers détails.

Ludivine a le même air jaloux que son frère Martin. Peu importe, elle offre à Amel une échappatoire :

– Bon, ben, j'irai te voir une autre fois alors, tata Marie.

– Ah non, je peux avoir autant de places que je veux. On se fera une sortie en famille, pour une fois.

– C'est une idée très chouette ! décrète Djibril, plein d'enthousiasme.

Djibril serre sa femme dans ses bras. Il n'a jamais autant ressemblé à sa sœur Salwa qu'à ce moment : quand elle ment, la mère d'Amel lève imperceptiblement les yeux au ciel.

Après le dîner, Amel découvre la fonction incongrue d'une chambre d'amis : une pièce vide toute l'année sauf lors de quelques visites sporadiques. À vrai dire, elle en avait déjà vu dans des téléfilms, mais il lui semblait que ça n'existait que dans la fiction. L'espace qu'elle occupe est grand comme trois fois sa chambre à Saint-Denis. Quand Marie l'a invitée à faire comme chez elle, Amel ne s'est pas fait prier pour allumer la télévision écran géant. Comme une enfant qui ouvre tous ses cadeaux de Noël en même temps, elle joue aussi à son appli Let's Dance. Ludivine la surprend en train d'imiter une chorégraphie de Rihanna. À cause de cette intrusion qui lui a fait perdre le rythme, Amel n'obtient que la médiocre note de cinq sur dix. Ludivine s'amuse de ce drôle de spectacle.

– Je parie que je te bats les doigts dans le nez.

– Quoi ? Madame sait jouer à Let's Dance ?

– Qu'est-ce que tu crois ?

– D'accord, on va commencer par un truc basique pour s'échauffer.

Amel relance le jeu. Cette fois, elle le règle sur le floss, une danse ultra-facile. Il suffit de balancer les bras de gauche à droite puis de droite à gauche, tantôt devant soi, tantôt derrière soi, et d'effectuer un mouvement du bassin en sens inverse. La chorégraphie est encore plus stylée lorsqu'elle se danse avec un sac à dos, en référence au Backpack Kid, qui l'a inventée. À sa grande surprise, Ludivine se débrouille très bien et elle décroche un dix sur dix !

– Moi qui croyais que madame ne dansait que la valse.

– Wesh, bravo les préjugés. Et arrête de m'appeler madame, s'il te plaît.

– *Wesh ?* Toi, tu parles comme ça ?

– Et alors ?

– Devant Maximilien Defresnes, euh pardon, devant Maxou, tu te la jouais duchesse et maintenant genre t'es une racaille ?

– Tu crois que j'utilise le même registre de langue devant tout le monde ? Au lycée, c'est pas la même chose si on parle entre jeunes ou avec des adultes.

Amel se demande qui est cette fille devant elle. Comme son oncle, elle semble avoir une double personnalité. Et si c'était une maladie de famille ? Son regard s'attarde sur un drôle d'objet, qu'elle n'a vu que dans des films d'époque : une harpe.

– C'est quoi ça ? Tu viens du XVIIIe siècle, c'est ça ?

– Oh, ça va. Papa a insisté pour que j'en joue. C'est juste pas possible. Je l'ai mise dans la chambre d'amis pour bien montrer que ça ne m'intéresse pas. Moi j'aurais préféré jouer de la guitare. Mais il n'a rien voulu comprendre.

– Et alors, pourquoi t'en fais pas ?

– Qui te dit que j'écoute toujours mon père ?

Ludivine enfonce la main dans un coffre. Sous une tonne de vêtements, elle déterre une guitare. Elle joue l'air de *Sorry* de Justin Bieber et chante :

Je suis désolée de t'apprendre que je suis normale,
Une jeune fille tout ce qu'il y a de banal.

Amel poursuit sur le même air :

Même si à la place du métro tu prends le cheval,
Comme au bon vieux temps du système féodal.

Ludivine sourit et enchaîne :

Tu dis n'importe quoi ma chère cousine,
La vie c'est pas le château ou l'usine.

Amel lui fait un clin d'œil pour la féliciter. Elle tapote sur son téléphone portable et une boîte à rythme se met à jouer.

– OK, baaaaaaattttttttttle !

Elle rappe en changeant sa voix, qui imite l'effet Auto-Tune.

N'emploie pas des mots que tu ne connais pas
L'usine c'est à des années-lumière de là.
La banlieue, tu sais, c'est ce truc pas loin de toi
Que tu regardes de haut en bas.

Ludivine ne se dégonfle pas.

Ah ouais igo ? Genre t'es en zonzon ?
Tu te prends pour une caillera quand tu vas chez tonton.

On habite la même banlieue, moi Paris 8
Et toi, c'est Saint-Denis.

Amel poursuit :

La même banlieue, tu crois ?
Au-delà du périph', tu connais Versailles et basta
Moi je viens de la cité, la vraie, le 9-3
On n'habite pas la même banlieue, arrête ça !

Les deux jeunes filles éclatent de rire. Amel est étonnée de la repartie de sa cousine. Elle s'est mise à imiter le flow de Booba, c'était trop drôle. C'est un premier moment de connivence qui leur rappelle leurs souvenirs d'enfance.

– Tu sais, Amel, papa est pas toujours commode.
– Pas toujours ? Ça veut dire qu'il l'est parfois ?
– Arrête de me faire rire !
– Non, mais sérieusement, ton père, il a un problème avec moi ?
– Ça, j'en sais rien. Il ne parle pas beaucoup. Tu connais la raison de la brouille avec ta mère ?

Amel hausse les épaules.

– Eh bien moi non plus, continue Ludivine. Un grand mystère.
– Un mec qui force sa fille à jouer de la harpe est forcément un déséquilibré mental !

– Wesh, attention, si tu parles mal de mon père je te démonte la tête, s'amuse à menacer Ludivine.

– Franchement, cousine, arrête de parler comme ça, ça fait trop bizarre, rigole à son tour Amel.

– Nan, mais sérieusement, papa, il est obsédé par les codes. Si tu savais le nombre de règles qu'il a instaurées… Toutes mes copines ont droit d'utiliser leur téléphone quand elles veulent. Moi non. Le problème de papa, c'est qu'il rêve d'un autre âge. On dirait qu'il veut entrer dans la cour de Louis XIV…

– Ou qu'il veut oublier d'où il vient, poursuit Amel.

Ludivine ne sait pas quoi répondre. Elle a le sentiment qu'Amel n'est pas loin de la vérité. Que sait-elle de sa jeunesse à Saint-Denis ? Rien, à part que c'était difficile. Il n'a que cet adjectif flou à la bouche. Est-ce qu'il a eu des moments de bonheur en famille ? Quelles difficultés a-t-il surmontées ? Un jour, elle a voulu lui poser ces questions mais son père s'était renfrogné. Il a même résisté à une crise de larmes de Martin, à qui il passe tout, parce qu'il avait voulu l'interroger à son tour.

– Je crois que ton père a un cadavre dans son placard. Tu ne lui trouves pas un faux air de Xavier Dupont de Ligonnès ? plaisante Amel.

– Ha ha !

– Fais gaffe quand il t'accompagnera à ton rallye, c'est peut-être ce jour-là qu'il a décidé de frapper.

– Trop drôle. Mais franchement, ça me fait flipper. J'ai pas intérêt à me rater.

– Pourquoi ? Ce serait si grave que ça ?

– Déjà, c'est important parce qu'il y a une cagnotte au profit d'une association d'aide aux réfugiés.

– C'est pas un peu bizarre de se goinfrer aux petits-fours pour la bonne cause ?

– Ça, c'est pas drôle. Tu me prends de haut.

– Excuse, Divine, je voulais pas…

Ludivine n'a pas besoin des excuses de sa cousine. Elle l'a appelée Divine, c'est le plus beau cadeau qu'elle pouvait lui faire.

– Ça ressemblera à quoi, ton rallye ? Tu as parlé de vingt-quatre invitées au féminin. Il n'y aura que des meufs ?

– Non. J'irai avec Christian et chacune des invitées aura un cavalier.

– C'est la deuxième fois que j'entends ce prénom. C'est qui ?

– Bah, c'est mon cavalier !

– Quoi ? Tu n'es qu'en seconde et tonton Djibril te laisse sortir avec un mec devant lui ?

– Oui, et ce ne sera pas la première fois.

Amel tente d'imaginer ses parents si elle se présentait chez eux avec un garçon. C'est inconcevable !

– La première danse sera une valse. Ouais, je sais, c'est ringard, mais je me prépare pour le Bal des Débutantes. Ce rallye, c'est un peu mon examen blanc.

– Tu m'as prouvé que tu étais une bonne danseuse. Tu me montres à quoi ça ressemble, la valse ?

– D'accord, mais ça se danse à deux.

– Hum… Je ne suis pas sûre de vouloir…

Sans attendre la fin de la phrase d'Amel, Ludivine la prend par la main et par la taille, puis elle lui parle des trois temps qu'elle doit respecter. Au troisième pas, Amel s'arrête net. Prise dans son élan, Ludivine écrase l'orteil d'Amel. Au lieu de hurler de douleur, celle-ci s'écrie :

– Mais c'est maman à la télé !

À l'écran, Me Salwa Massini répond aux questions d'une journaliste sur les migrants à Calais. Amel monte le son :

– Cette situation est intenable, pour des victimes de guerre qui viennent dans le pays des droits de l'homme et n'y trouvent que la misère. C'est la double peine, l'exil et l'exclusion. On est au-delà de la question du droit, il s'agit d'éthique : comment voyons-nous le monde dans lequel nous-mêmes et nos enfants allons vivre ? Repliés sur nous-mêmes, derrière des frontières, ou solidaires des souffrances d'autrui…

Alerté par le cri d'Amel, Djibril entre en trombe dans la chambre.

– Mais qu'est-ce qui se passe ici ? J'ai entendu un cri…

– Chut !

Amel et Ludivine n'ont pas besoin d'insister pour obtenir le silence de Djibril, foudroyé de découvrir sa sœur à la télé. Il l'entend dire :

– J'en appelle à un sursaut citoyen pour rendre leur dignité à ces femmes et ces hommes. Dans les mêmes circonstances, nous souhaiterions tous être accueillis dignement. Il ne s'agit même pas de migrer pour mieux vivre, mais d'une question de vie ou de mort.

Émue, la journaliste passe au sujet suivant avec une pointe d'émotion dans la voix. Comme à son habitude, Salwa s'est montrée persuasive. Ludivine et Amel ont une boule dans la gorge, seul Djibril affiche une moue dubitative. Il applaudit ironiquement :

– Depuis que je la connais, ta mère fait le même numéro…

– Peut-être parce que le monde n'a pas changé comme il aurait dû, réplique Amel.

– Mais oui, bien sûr, tout est toujours de la faute du monde…

– Papa, je ne comprends pas. Ce qu'a dit tata est très bien, intervient Ludivine.

– Toi aussi, tu vas t'y mettre ? Allez, fin du débat, il est 22 h 30, c'est l'heure de se coucher.

– Déjà ? s'étonne Amel, qui n'a aucune limite d'heure chez elle.

– C'est déjà une demi-heure de plus que d'habitude. Je vous l'ai permis pour que vous puissiez fêter vos retrouvailles. Si je vous laissais plus de temps, vous feriez la révolution !

Si Djibril utilise le second degré, c'est pour masquer son trouble. Il a été secoué par l'apparition inopinée de sa sœur chez lui, même si ce n'était qu'à la télé. Il se serait attendu à tout sauf à ça. Pour justifier le couvre-feu, il ajoute :

– Et comme demain nous sortons tous à la Comédie-Française, ça nous permettra de reprendre des forces. Vous me donnez vos portables maintenant ?

– Comment ça ? demande Amel, choquée.

– Ça ne se discute pas, Ludivine nous laisse son téléphone tous les soirs.
– Pourquoi ?
– Les écrans altèrent la qualité du sommeil.
– T'es sérieux, tonton ?

Amel lance un regard de détresse vers Ludivine qui tend son téléphone à son père en haussant les épaules :
– Je t'avais prévenue… Les fameuses règles.

Dépitée, Amel se souvient de la phrase de bienvenue de tata Marie : fais comme chez toi. Elle a le sentiment d'être autant chez elle dans le VIIIe arrondissement qu'une otarie dans le Sahara.

MARDI

La confiscation de son téléphone portable a produit un drôle d'effet sur Amel. Toute la nuit, les meubles se sont déplacés dans sa tête, comme si Home Design, l'application d'architecture d'intérieur, était installée dans son cerveau. Dans son rêve, les objets flottaient en l'air pour s'agencer dans les bureaux de BRM Consulting. À la fin, plus le moindre fil électrique ne dépassait. Seule la sonnerie stridente du réveil, une antiquité qui indique l'heure avec des aiguilles et qui se remonte à la main, a interrompu sa gymnastique mentale.

Amel est en train de reproduire ses visions nocturnes sur une feuille quand Martin surgit de nulle part pour sauter sur le lit. Le jeu pourrait être drôle s'il ne l'empêchait pas de tracer des lignes droites. Elle lui demande une première fois d'arrêter, mais le garçon de huit ans continue de bondir. Une deuxième sommation plus virulente reste sans résultat. À la troisième, elle hausse franchement le ton :

– Ça suffit, Martin !

Martin se met aussitôt à pleurer et, dès lors, c'est le branle-bas. Ludivine, Djibril puis Marie se présentent avec la même question :

– Qu'est-ce qui ne va pas, Martin ?

Sans attendre de réponse, ils le prennent tour à tour dans les bras en répétant :

– Dis-moi qui a été méchant avec toi ?

Martin désigne Amel, que tous interrogent du regard. Amel se sent dans la peau de l'accusée d'un procès pointée du doigt par la victime dans le box.

– Je lui ai seulement demandé de ne pas sauter sur mon lit pendant que je dessinais.

– Le pauvre, il voulait juste s'amuser, proteste Djibril.

– On faisait bien pire quand on était gamines, confirme Ludivine.

– Peut-être que tu as surréagi, approuve Marie.

– Ou peut-être qu'il pleure pour un rien parce qu'il est un chouia capricieux, non ? réplique Amel.

Dès que Martin entend « capricieux », ses pleurs redoublent. Son seuil de tolérance à l'autorité est remarquablement bas. À la moindre critique, il pique une crise, et le pire, c'est que ça marche. Sa famille accourt pour le protéger, sans jamais interroger la légitimité de son explosion. Entre deux gémissements de son fils, Marie tempère :

– Bon, ce n'est pas non plus l'affaire du siècle. Tout ça sera oublié ce soir au théâtre, vous vous rappelez ?

Ludivine hoche la tête, tandis que Djibril a toujours ce regard fuyant qui annonce le mensonge. Lorsque tous les autres sont sortis de la chambre et qu'il s'apprête à leur emboîter le pas, il se retourne vers Amel pour la prévenir :

– Amel, c'est la dernière fois que tu fais pleurer Martin, sinon…

– Sinon quoi ?

Marie, qui a oublié son châle sur le lit d'Amel, entend la réponse d'Amel et demande :

– Qu'est-ce qui se passe encore ?

– Oh rien.

Avec la même hypocrisie, Amel et Djibril balaient de concert sous le tapis la poussière d'animosité qui s'installe entre eux.

Amel et Djibril sont partis séparément au bureau. Djibril a parcouru les quatre cents mètres en taxi avec son attaché-case rempli de documents, Amel à pied avec son inséparable sac à dos contenant ses plans gribouillés le matin. La façon dont on se déplace d'un point à un autre est un marqueur social, une question de standing. S'il veut coller à son statut, Djibril doit adopter les mœurs qui vont avec, même si c'est absurde : d'un côté, il a pris un coach sportif pour « garder la forme », de l'autre il s'épargne une marche si courte. Même s'il ne s'était pas arrêté en chemin, il aurait mis plus de temps qu'Amel à cause du trafic. Il a demandé au chauffeur de taxi de l'attendre devant Ladurée, pour y acheter une boîte de macarons. Arrivé au bureau, il la tend à sa nièce.

– Amel, nous sommes partis d'un mauvais pied tous les deux. C'est une façon de recommencer à zéro.

Marquée par la conversation du matin, Amel glisse prudemment la main dans la boîte. Toutes ses réticences s'envolent dès la première bouchée : elle n'a jamais goûté une pâtisserie aussi délicieuse. Elle se réjouit presque de la dispute qui lui vaut ce ravissement ! Son cerveau déborde de cette sensation exquise quand, la bouche pleine, elle lance :

– D'accord, j'accepte tes excuses.

Amel a prononcé cette phrase sans réfléchir. Toutes ses facultés cognitives sont submergées par la dopamine, l'hormone du bien-être que libèrent entre autres les pâtisseries. Tout à son plaisir, elle ne voit pas l'expression de désapprobation sur le visage de Djibril.

– Que ce soit bien clair : ce ne sont pas des excuses, mais un geste de bonne volonté.

– D'accord, tonton Dj... Gabriel.

Amel se reprend en voyant Gilles, le directeur de BRM Consulting, débouler comme une tornade. Sur son visage si expressif se lit le drame qui le tourmente avant même qu'il ne prononce la moindre parole.

– Il ne pourra pas venir, s'égosille Gilles, qui a du mal à se maîtriser.

– Qui ? demande Djibril.

– À ton avis ? L'architecte d'intérieur, pardi ! Il a accepté sans scrupule un autre chantier plus rémunérateur. Dans le contrat, il y a une clause de non-respect des engagements ?

– Le contrat ? Quel contrat ? Je l'ai démarché la veille pour le lendemain. On devait régler ça aujourd'hui !

– Alors on est fichus !

Gilles s'affale sur sa chaise. Il porte tout le poids du monde sur ses épaules. Djibril essaie de le tranquilliser :

– Tu t'inquiètes pour rien, j'ai tous les éléments sur le réseau pour la réunion avec CBSH. Je m'occuperai du déménagement plus tard, c'est le cadet de nos soucis.

– Au contraire, on a isolé le réseau pour le déménagement !

– Pardon ?

– Il a dit : « On a isolé le réseau pour le déménagement », intervient Amel.

Les deux associés la fusillent du regard. Amel reprend un macaron pour se donner une contenance.

– Je vais trouver une autre boîte..., marmonne Djibril.

– Tu peux rêver. Tu te souviens du nombre de coups de fil que tu as dû passer avant de dénicher cet architecte ? Vu le niveau historiquement bas des taux d'intérêt pratiqués par les banques, la construction est en plein boom. Ce ne sont pas les architectes qui démarchent les clients, mais les entreprises qui les pourchassent. Le marché leur est tellement favorable qu'ils peuvent faire monter les enchères comme ils veulent !

– Tu as essayé de négocier un prix avec lui ?

– Oui, mais c'est impossible de s'aligner sur le tarif de la multinationale pour laquelle il intervient. Une multinationale, c'est ce que nous aurions pu être un jour si nous avions pu finir ces satanés bureaux...

Gilles secoue la tête, enfouie dans ses mains. Intérieurement, défilent les images de ce qui aurait pu être son triomphe : le siège rénové, des bureaux flambant neufs à la Défense, plus d'une centaine de consultants embauchés, des annexes partout en France... Djibril essaie de s'accrocher à son rêve.

– Je vais trouver une solution.

– Alors fais vite, les déménageurs sont dans nos locaux sans rien faire puisqu'ils n'ont pas de plan de travail ! Et tant que nos meubles sont en vrac, impossible de travailler.

– Il n'y a aucune sauvegarde des documents ? On n'a rien imprimé ?

– Tu sais bien que le règlement intérieur l'interdit. Ce dossier est classé ultraconfidentiel, personne n'avait le droit de le ramener chez lui et on ne devait l'imprimer que lorsqu'il serait totalement bouclé. L'espionnage industriel...

Amel assiste à l'échange comme dans une salle de cinéma, sauf qu'à la place de pop-corn elle dévore des macarons. Maintenant, elle bascule dans un film d'espionnage, c'est de plus en plus passionnant !

– Les déménageurs ne peuvent pas se débrouiller ? demande Djibril sans trop y croire.

– Ils affirment que ce n'est pas leur métier. Ils sont censés mettre les meubles là où on leur dit. Sans parler des artisans qui ont besoin d'un plan pour les installations. Ils peuvent défaire sans problème, mais pour faire il leur faut des instructions. On est fichus, je te dis. Fichus ! Dire qu'hier on était les rois du monde…

On n'est plus au cinéma, on est au théâtre. Amel a l'impression de voir *Phèdre* avant l'heure. Tout le monde l'a oubliée. Maintenant qu'elle a fini la boîte de macarons, elle retrouve l'usage de la parole. Son sac à dos posé à ses pieds lui donne une idée plutôt osée, qu'elle se décide à formuler :

– Je peux peut-être vous aider ?

– C'est mignon, mais c'est une affaire sérieuse, répond sèchement Djibril.

– Je m'y connais un peu en architecture, je…

– Oui, comme tu t'y connais en café, j'imagine.

En lançant cette pique, Djibril ne pense pas à mal. Le stress lui fait dire quelque chose qui dépasse sa pensée. Il ne mesure pas la méchanceté de ses propos. Vexée, Amel se lève sans demander son reste. C'est décidé, elle va rentrer à Saint-Denis : tant pis pour le stage d'observation en entreprise.

Comment annoncer à sa mère qu'elle n'a pas tenu deux jours chez son oncle ? Amel arpente de long en large les Champs-Élysées avec cette question en tête. Les macarons qu'elle a avalés lui ont donné soif. Échaudée par les tarifs des cafés parisiens, elle entre dans une supérette pour s'acheter une bouteille. Contrairement aux boutiques de l'avenue Montaigne, les prix sont affichés, mais Amel est persuadée qu'ils sont erronés. Sinon, pourquoi un élément aussi universel que l'eau pourrait-il être deux fois plus cher à Paris qu'à dix kilomètres de là, à Saint-Denis ? En sortant les mains vides du petit magasin, Amel a droit à un regard suspicieux du vigile. Elle n'aura aucun regret à quitter ce quartier où tous lui font sentir qu'elle n'est pas chez elle.

Avant d'affronter sa mère, Amel veut se donner du courage en appelant Polycarpe. Son meilleur ami sait toujours trouver les mots pour la rassurer. Le téléphone sonne dans le vide, la malchance s'acharne sur elle. Elle réessaie plusieurs fois avec le même résultat. Devant Ladurée, elle se rend compte qu'elle a oublié son sac à dos chez BRM Consulting. La poisse, encore. Elle est partagée entre l'envie de chercher son objet fétiche et sa détermination à ne plus jamais revoir son oncle. Pour l'aider à réfléchir, elle se décide à s'offrir un macaron. La boutique est très chic, les gens à l'intérieur le sont tout autant. Amel, qui a développé un sixième sens, devine que les gâteaux seront hors de prix. Même si elle était prévenue, elle n'arrive pas à croire qu'elle a pu manger quelque chose d'aussi coûteux. On aurait pu nourrir toute une famille pendant une semaine avec la boîte qu'elle a engloutie comme si c'étaient des cacahuètes ! Elle se sent coupable du ravissement qu'elle a ressenti tout à l'heure. C'est d'abord de cela qu'elle va parler à sa mère, pour lui faire comprendre qu'elle ne peut pas s'adapter à ce monde si différent. Le cœur lourd, elle l'appelle :

– Allô maman.

– Amel, tu te rappelles enfin que tu as une mère ! Ça va ?

– Oui, maman. Disons, comme ci comme ça.

– Excuse-moi, Amel, je t'entends assez mal. On ne capte pas bien, près du tunnel sous la Manche. Tu veux bien répéter ?

– Ça se passe très mal, maman. Tonton Djibril est insupportable, et si tu savais comment c'est différent ici, dans les beaux quartiers ! Ce matin, j'ai mangé une boîte de macarons hors de prix. Je te jure que je le savais pas, sinon... Sinon je les aurais quand même mangés, c'était trop bon, mais... Tu vois ce que je veux dire ?

Amel n'obtient pour seule réponse que le silence puis le son revient, saccadé :

– Amel... t'entends pas... possible... rappelle... courage... bisous...

– Maman ?... Maman ?

La conversation cesse brutalement. Le son métallique de la voix de sa mère s'est interrompu. Amel se demande si elle a entendu un traître mot quand le nom de Djibril s'affiche sur son écran. Amel refuse de prendre l'appel. Le téléphone sonne de nouveau. Amel se drape dans sa fierté et le laisse sonner. La troisième fois, elle répond à son oncle qui lui dit de but en blanc :

– Amel, tu es un génie. Tu veux bien revenir au bureau ?

– Pardon ?

– Peux-tu revenir, s'il te plaît ?

– Euh…

– J'oubliais : j'ai commandé trois boîtes de macarons pour toi.

Amel estime la fortune que représente cette commande. Elle se rappelle la phrase de sa mère sur les principes, qui s'éprouvent quand on perd quelque chose en les appliquant. Le luxe, ce n'est pas pour elle, lui disait-elle il y a à peine cinq minutes. Elle cède cependant : elle mangera une boîte et elle en distribuera deux à des SDF. Elle retourne chez BRM Consulting en se pourléchant les babines, la conscience tranquille.

Le bureau de Djibril ne ressemble pas à celui qu'Amel a quitté, pourtant il lui rappelle quelque chose : le plan qu'elle a dessiné au réveil. Elle doit se pincer pour s'assurer qu'elle ne rêve pas. Avant de se réveiller, elle plonge la main dans la boîte de macarons. Ce serait dommage de se priver de ce goût merveilleux. Pendant qu'elle déguste la pâtisserie – dont elle a oublié le prix indécent mais pas sa promesse d'en distribuer deux paquets –, son oncle Djibril, plus chaleureux que jamais, la félicite chaudement, ce qui donne du poids supplémentaire à l'hypothèse qu'elle évolue en dehors de la réalité.

– Amel, tu nous as sauvés !

– Parce que je ne vous ai pas fait de café ?

– Ha, ha ! Tes plans… On les a trouvés dans ton sac à dos.

On ne savait pas à qui il appartenait et on a regardé à l'intérieur…

– Hum ?

Amel grommelle autant parce qu'elle a la bouche pleine que parce qu'elle ne comprend rien aux propos de Djibril. À côté de lui, Gilles acquiesce avec son expressivité habituelle. Elle a l'impression de voir un programme traduit simultanément pour les sourds et malentendants.

– Ce sac est bien à toi ? demande Djibril, saisi par un léger doute.

– Oui.

– Nous avons décidé de suivre tes plans. J'avoue que je n'y croyais pas trop, mais c'est Gilles qui a dit que foutu pour foutu on pouvait bien tenter d'aménager les bureaux comme indiqué… Et voilà le résultat !

Djibril exécute un mouvement ample du bras, comme le magicien qui dévoile le clou de son spectacle. Amel contemple le résultat avec une moue pensive. C'est vrai que ce n'est pas mal, mais ce serait encore mieux si on intervertissait tel et tel meuble, si le cadre de Gilles était quelques centimètres plus bas, si les fils de l'ordinateur étaient mieux masqués, si… Peu à peu, Amel reprend le chantier. Déménageurs et ouvriers lui obéissent. Parfois, elle s'impatiente un peu : c'est plus simple sur une application où il suffit d'appuyer sur un bouton pour que les éléments s'assemblent aussitôt. En 3D, on peut se corriger sans perte de temps, alors que dans la réalité la moindre erreur nécessite des efforts supplémentaires. Elle change de méthode de travail en réclamant une heure pour qu'elle puisse mettre ses idées en ordre. Un quart d'heure après, elle est déjà prête et donne des instructions à des adultes deux ou trois fois plus âgés qu'elle. Elle repense à la remarque de Polycarpe : « L'architecture d'intérieur, c'est de la géométrie dans l'espace. » Son meilleur ami se trompe : c'est bien mieux que ça ! Elle ne s'est jamais aussi sentie autant dans son élément. Il est 14 h 30 quand Djibril crie victoire. Le réseau est réinstallé, ils peuvent enfin se reposer. Le reste des travaux attendra, l'urgence est derrière eux. Soulagé, Gilles claironne :

– Maintenant, tous au restaurant !

– Désolé, je ne peux pas, il va falloir que je rattrape le retard pour le rendez-vous avec CBSH.

– Même pas une petite demi-heure ?

– Impossible.

Djibril se tourne vers Amel :

– D'ailleurs, je ne pourrai probablement pas vous accompagner à la Comédie-Française ce soir. Tu voudras bien prévenir ta tante Marie ?

Amel pressentait depuis le début que Djibril ne sortirait pas ce soir. Si ça n'avait pas été la réunion, ç'aurait été un autre prétexte. Elle connaît trop bien cet air évasif, celui de sa mère quand elle assure qu'elle sera là puis ne tient pas sa promesse. Comme sa mère a toujours une bonne raison, Amel l'accepte, mais à force, le schéma devient lassant. Gilles poursuit, toujours aussi enthousiaste :

– Pas grave, je kidnappe Amel. Après tout, c'est elle qui nous a sauvés, pas toi !

– Un autre jour, j'ai pris ma gamelle vu les prix du quartier, répond candidement Amel.

– Qu'est-ce que tu racontes, je t'invite ! s'exclame Gilles.

– Ma nièce plaisantait, voyons ! coupe Djibril, le rouge aux joues.

– Oui, je blaguais, appuie Amel, qui comprend qu'elle n'aurait jamais dû dire ça.

Guilleret, Gilles va chercher ses affaires dans son bureau. Djibril en profite pour se précipiter vers Amel. Il lui glisse un billet de cent euros dans la main.

– Pourquoi tu veux me donner de l'argent ? J'en ai pas besoin.

– C'est de l'argent de poche, au cas où.

– Cent euros ? C'est beaucoup trop.

– Ludivine en reçoit autant chaque semaine.

– Sérieusement ? En tout cas, je ne peux pas accepter, je ne l'ai pas mérité.

– Tu es vraiment comme ta mère, Amel ! Tu sais combien j'aurais payé un architecte d'intérieur pour faire ton travail aujourd'hui ?

– Non.

– Mieux vaut que tu continues de l'ignorer sinon tu découvrirais que mes cent euros sont très très loin du compte !

– Mais...

– Fais-moi plaisir et ne discute pas, pour une fois... S'il te plaît.

Djibril prend un air désarmant, semblable au sien quand

elle quémande un service à sa mère. Elle n'a pas la force de lui répondre qu'une supplique n'est pas un argument et se saisit de l'argent ; en se promettant de le lui rendre plus tard.

– Et une autre chose, Amel…

La voix de Djibril est encore plus mielleuse et hésitante. Penaud, il murmure :

– Sois discrète avec Gilles.

– Discrète ?

– Ne lui dis pas d'où tu viens, d'où nous venons.

– C'est-à-dire ?

C'est à ce moment que Gilles apparaît sur le seuil de la porte. Amel lui demande quelques secondes pour écrire un mot. Elle le tend en douce à Djibril, qui le lit quand ils sont sur le point de s'engouffrer dans l'ascenseur : *Ne t'inquiète pas, je ne dirai pas que tu t'appelles Djibril.* Cela devrait rassurer Djibril mais, pour la première fois, la vérité nue, écrite noir sur blanc, lui fait honte.

Le Fouquet's ne ressemble à rien de ce qu'Amel connaît. À l'intérieur, tout est chic, y compris les gens, que l'on pourrait confondre avec des éléments du décor. Un sentiment d'étrangeté et d'illégitimité la gagne : pourquoi est-elle avec ces messieurs et dames d'un autre monde, d'une autre galaxie, d'un autre univers ? À cette heure-ci, il y a deux jours, elle mangeait un kebab sauce samouraï avec Polycarpe. Il reconstituait pour elle la carte du ciel, étoile par étoile. Cette occupation flippante est sa marotte. Il rêve d'être spationaute. Amel se moque de ce doux rêveur. Est-ce qu'il connaît un seul habitant de la cité chez Arianespace ou à la NASA ? Dans ce restaurant, elle est persuadée qu'il y a des hommes d'affaires, des princes, des princesses, des stars et même des astronautes. Comme un écho à ses pensées, Gilles l'interroge :

– Alors Amel, qu'est-ce que tu veux faire plus tard ?

– Je ne sais pas.

– Architecte ou décoratrice d'intérieur, peut-être ? Ta démonstration d'aujourd'hui m'a impressionné.

– Oh, je ne crois pas, ce n'est pas pour moi.

– Pourquoi ce ne serait pas pour toi ?

– À vrai dire, je ne savais même pas que c'était un métier. Pour moi, c'est juste un jeu sur mon application.

– Ha, ha ! Tu plaisantes, c'est ça ? Gabriel m'a prévenu que tu étais désopilante.

– Ah oui, c'est ça, je plaisante.

Amel était sérieuse. Elle se souvient qu'elle ne doit pas faire honte à Djibril. Et tout ce qui le gêne chez elle, tout ce qu'il cache vis-à-vis des autres, c'est ce qu'il est : son histoire, son origine, son identité. Elle est arabe, elle vit en banlieue et ça doit rester secret. Pourquoi Djibril ne peut-il pas être lui-même ? C'est probablement lié à sa condition sociale. Il n'est pas riche, il est bien au-delà. Dans son quartier, les cafés, les gâteaux et même l'eau minérale coûtent plus cher qu'à Saint-Denis, ça veut dire que ces gens-là valent plus, non ? Gilles interrompt le monologue intérieur d'Amel :

– Parle-moi de toi. D'où viens-tu, Amel ?

– J'habite la cité…

Amel s'interrompt avant de dire « Pablo Picasso » et elle reprend :

– L'île de la Cité.

– C'est chouette là-bas, tu aimes y vivre ?

– Oh oui, il y a de très bons kebabs.

– Ha, ha ! Tu es décidément très drôle. Et tes parents, qu'est-ce qu'ils font ?

– Ma mère est avocate, mon père est commercial, répond Amel, qui ne ment pas, pour une fois.

– C'est bizarre, Gabriel ne m'a jamais parlé d'eux. Tu es la fille de son frère ou de sa sœur ?

– Sa sœur. D'ailleurs, on l'a vue à la télé hier.

– Décidément, vous êtes une famille de stars. Marie, n'en parlons pas, c'est le fameux détective Dedremont…

– *La* détective Dedremont, coupe Amel, qui prend les airs de son héroïne de jeunesse.

– Oui, c'est vrai. J'ai vu Marie quelques fois à la Comédie-Française. Elle est merveilleuse dans *Phèdre*, n'est-ce pas ?

– Oui, et bien plus que ça encore.

Le serveur leur laisse quelques minutes pour regarder la carte. Amel doit jouer serré : en dire suffisamment pour ne pas paraître sur ses gardes, mais pas trop pour éviter de se trahir. Pendant qu'Amel consulte le menu, elle décide qu'elle va inverser les rôles. Désormais, c'est elle qui posera les questions. Comme à la cantine scolaire, elle demande :

– Gilles, vous savez si la viande est halal ?

– Halal ? Euh non, je ne crois pas. Pourquoi ?

La bourde. Amel sait pourtant que Gilles ne doit rien savoir de sa vie en banlieue, de son origine maghrébine, de sa culture arabo-musulmane. Le flottement qui s'installe lui rappelle ce jour où la mère d'Émilie, une copine de CE1, lui avait servi une tranche de jambon pendant que les deux camarades faisaient leurs devoirs. Mme Cagneux s'était étonnée qu'elle refuse et lui avait demandé pourquoi. La petite fille avait haussé les épaules et avait fini par répondre « parce que c'est comme ça ». Le soir, Amel avait raconté l'anecdote à ses parents et ils avaient souri. Sa mère avait dit que certains confrères continuaient de l'interroger sur la raison pour laquelle elle ne prenait pas de verre d'alcool lors des cocktails et qu'elle s'était trop souvent sentie obligée de justifier un choix qui ne regardait qu'elle. Depuis, quand on lui pose la question, elle copie la phrase de sa fille. Avoir inspiré sa mère est une fierté pour Amel. Cette fois, il est hors de question de répliquer « parce que c'est comme ça », même si l'envie la démange. Après avoir bien pris le temps de mâcher un apéritif servi à la table, elle tient son excuse :

– Je suis végétarienne, je ne mange pas de viande. Halal, c'était une plaisanterie.

– Ah, d'accord ! Je vais demander à Marcel quels plats tu peux manger.

Gilles regarde à peine le serveur que ce dernier se précipite à nouveau vers la table, prêt à prendre commande.

– Pour moi, ce sera comme d'habitude.

– Très bien, je note : poêlée de poulpe au chorizo, tomates cerises éclatées au vinaigre balsamique, filet de daurade grillé, purée de piquillos émulsionnée à l'huile d'olive, haricots coco, et au dessert, nougat glacé aux citrons confits, miel fondu au citron, jus de melon, éclats de nougatine, le tout arrosé d'un Saint-Nicolas-de-Bourgueil AOC biodynamique…

– AOC, qu'est-ce que ça veut dire ? intervient Amel, curieuse.

– Appellation d'origine contrôlée. Et pour vous mademoiselle, ce sera ? lui demande Marcel.

– Elle est végétarienne. Que lui conseillez-vous ?

– Je suggère un cœur d'artichaut au cantal frais et des céréales mitonnées dans un bouillon de légumes à l'anis étoilé, légumes d'hiver. Pour le dessert, je suggère…

– Vous auriez des macarons ? coupe Amel, autant par gourmandise que pour paraître connaisseuse.

– Je crains que non. Une panna cotta à l'amande amère, confiture de cerise, cerises poêlées et sorbet au kirsch, tuiles aux amandes pourrait avantageusement les remplacer.

– Rien que le nom fait saliver. Qu'est-ce que le kirsch ?

– C'est une eau-de-vie. La nôtre est à 60 degrés d'alcool.

– Désolée, je ne bois pas d'alcool… En tout cas pas l'après-midi, ça me fait un peu tourner la tête.

Amel s'est rattrapée de justesse. Elle ne doit pas avouer non plus qu'elle ne boit pas d'alcool.

– À la place, je vous mets des profiteroles ?

– Très bien. Merci monsieur.

Dès que Marcel est parti, Amel reprend l'initiative pour ne plus avoir à mentir à Gilles :

– Comment avez-vous connu mon oncle ?

– Tout le monde se tutoie dans la boîte, tu peux aussi le faire, Amel. J'ai connu Gabriel au Cercle de l'Union interalliée.

– Qu'est-ce que c'est ?

– Il ne t'en a jamais parlé ? C'est un club.

– Ils jouent en quelle division ?

– Ha, ha ! Tu ne t'arrêtes jamais ! Ce n'est pas un club sportif mais un club social. Mais tu blaguais, n'est-ce pas ?

– Oui, bien sûr. C'est un genre de Facebook, d'Instagram ou de Snapchat, c'est ça ?

– Non, c'est un club où on se rencontre en vrai, rue du Faubourg-Saint-Honoré. On s'y inscrit pour se retrouver entre gens avec des valeurs communes.

Amel traduit dans sa tête : c'est un club de riches, quoi. Et elle n'a pas tort. Si elle connaissait les droits d'entrée et d'inscription au Cercle de l'Union Interalliée, elle trouverait le menu du Fouquet's très abordable.

Gilles poursuit :

– J'ai d'abord connu Marie. Tout le monde la connaît dans le Triangle d'or.

– Le Triangle d'or ?

– Le quartier délimité par l'avenue des Champs-Élysées, l'avenue George-V et l'avenue Montaigne.

– Ah oui, l'avenue Montaigne. C'est là que j'achète mes tailleurs, ment Amel, qui se souvient de son expérience de la veille dans le magasin de luxe.

– Marie m'a présenté Gabriel, qui était à l'époque un brillant chercheur en physique nucléaire.

– En physique nucléaire ?

– Ton oncle ne t'en a jamais parlé ?

– Probablement, mais j'ai dû l'oublier.

– Quel rapport entre la physique nucléaire et le consulting ?

– Aucun : la recherche paie très mal, le consulting très bien !

Gilles se met à rire. Amel l'imite, même si elle ne comprend pas vraiment la blague. Elle commence à appliquer sans la connaître une forme d'« hypocrisie sociale » dont l'art tient dans le mimétisme. Si Gilles mangeait un steak avec sa petite cuillère au lieu de sa fourchette, Amel ferait exactement la même chose pour se conformer à ses codes.

– J'ai proposé à Gabriel de rejoindre le cabinet et c'est la meilleure décision que j'ai prise. Depuis trois ans, notre chiffre d'affaires a été multiplié par trois. Et avec le contrat avec CBSH, c'est la fortune qui nous attend.

Amel n'a toujours rien compris au métier de son oncle Djibril, sauf qu'il est très bien payé. Marcel revient avec deux plats, dont les portions sont minuscules. En deux bouchées, elle finit son entrée puis, en quatre, son plat principal. Seul son dessert lui apportera satisfaction. Quand Gilles ira se laver les mains, elle recherchera sur son portable où se trouve le vendeur de kebabs le plus proche pour se rassasier.

Le ventre d'Amel gargouille. Le kebab qu'elle a avalé en vitesse pèse sur son estomac. Il a fallu qu'elle prenne le métro pour en trouver un. Elle plaint les habitants du VIIIe arrondissement qui doivent parcourir tout ce chemin pour un sandwich qu'elle trouve chez elle à tous les coins de rue. Les pauvres riches ! Si elle a dû se précipiter, c'est parce que son oncle Djibril l'a appelée pour qu'elle assiste à une réunion de travail. Elle pourra en parler dans son rapport de stage. Djibril est plus cool depuis qu'elle a officié en tant qu'architecte d'intérieur. Il en a trouvé un disponible le lendemain pour superviser les travaux. L'un de ceux qu'il avait contactés en catastrophe le matin a eu un contretemps dans son chantier. La chance lui sourit à nouveau. Amel pourra observer un vrai professionnel. Cela a tempéré sa déception de ne pas pouvoir continuer seule. C'était trop dangereux pour des raisons d'assurance et, comme c'est le métier de son père, elle a compris.

Bien que Djibril n'ait pas eu le temps de préparer cette présentation – de second ordre, avait-il précisé –, il est admirable d'aisance quand il fait défiler des diapositives Powerpoint. Chez BRM Consulting, on dit *slides* : dès qu'on peut placer un mot en anglais, on ne s'en prive pas. Djibril présente les conséquences sur l'activité de BRM Consulting du contrat décroché auprès de CBSH à un certain M. Monthieu. Il le reçoit personnellement eu égard à l'ancienneté de leur relation professionnelle.

Désormais, Djibril est trop important pour les petits clients qui, eux, se bousculent pour espérer bénéficier des retombées du contrat. M. Monthieu est venu avec son équipe de quatre personnes pour montrer combien ce rendez-vous compte pour lui. L'homme, très grand, se distingue par sa pomme d'Adam proéminente, qui bouge au rythme de sa bouche, tressautant quand M. Monthieu interroge Djibril.

– Gabriel, la rumeur prétend que BRM Consulting va bientôt devenir MBR Consulting.

– M comme Monthieu ? Vous allez devenir notre président, monsieur Monthieu ?

Tout le monde rit à la blague de Djibril et Amel se met au diapason. L'humour d'entreprise est comme le prix des vêtements de l'avenue Montaigne : sans étiquette, il est incompréhensible pour les non-initiés. Elle se demande qui dans la pièce rirait en entendant Mahmadou dire « le Phèdre de Phèdre ». Djibril reprend son exposé :

– Notre objectif est de développer l'activité en Europe et vous apprendrez bientôt une excellente nouvelle à ce sujet et aussi dans les marchés émergents du Maghreb et du Moyen-Orient...

– Pas l'Asie ? coupe M. Monthieu.

– Nous préférons nous consacrer en priorité aux marchés que nous connaissons le mieux.

– Qui connaît le Maghreb et le Moyen-Orient chez BRM Consulting ?

Amel se demande comment personne ne devine que son oncle, frisé et bronzé, est maghrébin. Un jour, sa mère lui a dit que l'on ne voyait chez les autres que ce qu'on voulait voir. Avec son masque de Gabriel, Djibril passe pour un Français AOC, comme le vin vendu au Fouquet's. Sans attendre la réponse de Djibril, M. Monthieu s'esclaffe :

– S'il n'y a personne, je me porte volontaire. Ce qui est bien là-bas c'est qu'on y mange du bon couscous, et je ne vous parle pas des baklavas !

Amel est atterrée par les clichés de ce Monthieu, qui réduit des millions de personnes, des millénaires de civilisation à deux plats. Elle croise le regard de Djibril, guettant sa réaction. Elle espère qu'il va lui crier à la figure qu'il s'appelle Djibril et qu'il l'emmerde ou un terme à lui, car elle le voit mal employer ce genre de vocabulaire. Son oncle serre le nœud de sa cravate et poursuit :

– Je suis particulièrement les marchés du Maghreb et c'est Françoise Renan qui s'occupe du Moyen-Orient.

Djibril s'est exprimé d'un ton neutre, puis il reprend comme si de rien n'était, avec plein d'anglicismes. La conversation devient un bruit de fond et, à la fin, Amel se sent bizarre au moment de serrer la main de cet homme. Son oncle aurait pu réagir. Il est aujourd'hui en position de force par rapport à ce client, qu'il laisse pourtant exprimer son dédain. Est-il possible d'être à ce point résigné ? Si lui ne se révolte pas, qui osera ? Un sentiment de malaise gagne la jeune femme et elle se demande si son oncle, qu'elle ne sait plus comment appeler, ressent le même picotement désagréable au bout des doigts.

Amel est tenaillée par un vague sentiment de tristesse tandis qu'elle se prépare à aller à la Comédie-Française. Le stage d'observation en entreprise se transforme peu à peu en analyse sociologique acerbe. Elle n'a rien contre sa famille parisienne, elle a même eu l'impression de pouvoir s'entendre avec Ludivine, de parler le même langage qu'elle lors de leur battle de rap et de la conversation qui a suivi. Ce sont les manières, les codes, dont elle se sent éloignée. Elle ne sait pas s'il faut les attribuer à leur condition ou si c'est son oncle Djibril qui reproduit le monde fantasmé et quelque peu archaïque de l'aristocratie déchue. Sans doute un peu des deux. Ludivine est le produit de cet écartèlement entre la «vraie vie» d'une adolescente et les mirages de la Cour. Alors qu'il y a quelques minutes elle se lâchait sur un son de Ninho, Divine la tchatcheuse est redevenue la fille de son père. Elle a basculé d'un état à un autre, sans transition, insistant pour relooker Amel avant de se rendre au «Français». Elle emploie ce terme comme si elle exécutait une espèce de révérence verbale. Elle proclame qu'Amel doit être habillée comme il faut, c'est-à-dire en sosie de Meghan Markle lors de son mariage avec le prince Harry. Mais la jeune fille refuse de supporter une seconde de plus des talons hauts. Pour elle, ce sera jeans-baskets ou rien. Marie intervient dans la conversation qui vire à un début de querelle:

– Laisse Amel s'habiller comme elle veut. Il y a de plus en plus de monde en vêtements décontractés au Français.

– Maman, tu pourrais parfois être dans mon camp, proteste Ludivine.

– Écoute, ma chérie. Je donne seulement mon avis et il me semble qu'il est autorisé, puisque je suis tous les jours là-bas. Il n'y a plus que ton père, toi et quelques snobs qui vous habillez pour aller aux représentations, glisse Marie, avec un air ironique qui rappelle les plus belles répliques de la détective Dedremont.

– Maman...

– J'ai dit ce que j'avais à dire. Maintenant débrouillez-vous, je vais me relaxer avant la représentation.

– Tata Marie, j'ai complètement oublié de te dire que... intervient Amel.

Elle n'a pas le temps de finir sa phrase que Marie la coupe :

– ... que mon mari ne viendra pas ce soir, je parie.

– Oui, c'est ça. Excuse-moi de ne pas t'avoir prévenue plus tôt.

– Oh, ne t'en fais, j'ai l'habitude avec Djibril. Il a toujours beaucoup de travail.

Une ombre passe sur le visage de Marie, qui se retire dans sa chambre. Ludivine la suit pour la consoler. Amel se retrouve seule avec Martin, qui s'en prend à elle :

– Tu as été méchante avec maman !

– Non, Martin, je lui ai juste annoncé la nouvelle. Ce n'est pas ma faute.

– Je suis sûr que c'est à cause de toi que papa ne vient pas ce soir !

– Non, ton papa est retenu au bureau.

– Tu as renversé du café sur lui, comme tu as fait hier à Gilles ?

Martin se gondole de sa mauvaise blague. Au début, Amel

ne réagit pas à sa provocation au ras des pâquerettes, mais le volume sonore de plus en plus exagéré de son rire finit par lui taper sur le système.

– Martin, tu arrêtes maintenant!

– Non! Je fais ce que je veux!

– D'accord, puisque c'est comme ça, tu vas au coin.

– Quel coin? C'est quoi, le coin?

– C'est là-bas!

Amel montre l'arrête entre les deux murs du salon. Elle y traîne par le bras Martin, interdit, en lui demandant de rester dos à elle. Ludivine entre en trombe dans la pièce.

– Non, mais qu'est-ce qui se passe encore ici?

– C'est Amel, elle m'a puni! hurle Martin en se retournant.

– Martin, qu'est-ce que je t'ai dit? Tu restes face au mur, intervient Amel.

Dans les yeux de Ludivine, des flammes. Oubliée, la complicité avec Amel: on ne touche pas à son petit frère! Elle prend le même ton pincé que face à Maximilien Defresnes et assène à Amel:

– C'est quoi ce délire? Tu te crois où? Tu n'es pas chez toi ici, et c'est à mon frère que tu parles!

– Tu as vu comment il se comporte?

– Tu me fais la leçon, en plus?

Amel s'apprête à dire ses quatre vérités sur Martin quand les premières notes d'une musique de chambre se font entendre. C'est la sonnerie de la porte. Rompue aux codes de la bienséance, Ludivine compose aussitôt un sourire qui paraît tout à fait naturel. C'est bien la fille d'une comédienne. Étant donné sa capacité à adapter son expression comme un caméléon change de couleur, Amel se demande si sa cousine a jamais été sincère avec elle.

Le sourire de Ludivine se fige tandis qu'elle ouvre la porte à un grand jeune homme d'environ seize ans.

– Christian, tu as oublié que l'on devait sortir au Français ?

Christian Lemonieux, son cavalier pour le bal du lendemain, est en jeans et baskets. Il s'avance avec l'air abattu de celui qui anticipe des remontrances.

– Désolé, ma Ludivine. Je reviens de l'asso.

– À cette heure ?

– Oui, il y avait une assemblée générale extraordinaire. Tu n'as pas reçu le mail collectif d'Ingrid ?

Alors qu'il finit sa phrase, Christian remarque Amel. Martin, lui, ne sait pas quelle attitude adopter : face ou dos au mur ? Bouder ou sauter dans les bras de Christian ?

Amel dissipe le flottement qui s'est installé :

– Salut, moi c'est Amel, la cousine de Ludivine. Je suppose que tu es Christian.

– Oui, c'est ça. Je vois que Ludivine t'a parlé de moi. En bien, j'espère.

S'il y a une expression qu'Amel déteste, c'est : « J'espère qu'on t'a parlé de moi en bien. » Répétée environ un milliard de fois depuis la nuit des temps, elle est aussi bateau que l'expression toute faite « la nuit des temps ». Il espère quoi ? Qu'Amel réponde oui à cette formule creuse ? Elle sait bien ce qu'il attend d'elle, ce que le regard insistant de Ludivine lui demande. Mais elle laisse flotter le silence. Elle ne s'adonnera pas au jeu des convenances, celles-ci ne sont que l'expression d'une hypocrisie déguisée, tout ce qui l'éloigne de sa cousine, de son cousin et de son oncle, avec qui elle aimerait être tellement plus naturelle. Elle a pu l'être de temps en temps avec Ludivine, quand celle-ci est brièvement redevenue une adolescente. Et avec sa tante Marie qui, toute sociétaire de la Comédie-Française qu'elle est, semble être moins soucieuse des formes. Christian se racle la gorge d'embarras devant l'absence de réaction d'Amel à son introduction.

– Eh bien moi, je n'avais jamais entendu parler de toi, chère Amel. Enchanté.

– Tu étais à quelle asso ? lui demande Amel, relevant le seul détail qui a retenu son attention.

– SOS Humanité en danger.

– L'association des droits de l'homme ?

– Oui, c'est là que j'ai rencontré Ludivine.

– Ludivine, ma cousine ? reprend Amel, qui manque de s'étouffer de surprise pour la seconde fois.

– Oui, Ludivine, ta cousine, grince Ludivine, vexée. C'est l'association à qui on va verser les dons du rallye demain.

– Tu es bien sûr invitée, Amel ? demande et affirme en même temps Christian.

Ludivine le fusille du regard. Il devine avant qu'elle ne commence sa phrase qu'en fait non.

– Amel est très prise, elle ne pourra pas se libérer. Le programme du rallye a été fixé depuis trois mois. On ne peut pas tout remettre en cause à la dernière minute.

Quand quelqu'un a deux explications pour un même fait,

c'est souvent pour cacher sa mauvaise foi, c'est l'un des enseignements de sa mère à Amel. D'ailleurs, elle n'a jamais dit qu'elle était occupée. Après une période d'accalmie, elle sent que sa cousine lui en veut à nouveau. Elle se souvient du début de l'avertissement de sa mère sur les habitants des quartiers chics : « Ce sont des gens comme nous. » Jusque dans la mesquinerie.

Amel avait eu le sentiment de basculer dans un autre monde au Fouquet's. À la Comédie-Française, elle a l'impression d'avoir remonté le temps. Elle est au XVIIe siècle, dans une foule bigarrée où se mêlent des pingouins en costume et des personnes «normales», vêtues comme elle. C'est bête à dire, mais elle n'aurait jamais cru que ce genre d'endroits existaient et moins encore qu'elle y mettrait un jour les pieds. Elle pense tout de suite à Polycarpe, qui n'a pas donné de ses nouvelles de toute la journée. Le connaissant, il doit faire des heures supplémentaires à la caisse ou à la comptabilité de la supérette. Amel le bombarde de photos: les dorures, les escaliers, les sculptures, les peintures... Éblouie, elle manque de tomber à la renverse quand elle découvre la loge où elle assistera à la représentation de *Phèdre*. Happée par l'instant, elle en oublierait presque d'envoyer les clichés à son meilleur ami afin qu'il découvre cette splendeur avec elle. Elle surveille son téléphone pour scruter sa réaction, jusqu'à ce qu'une annonce diffusée dans le théâtre invite à éteindre son téléphone. Amel s'exécute à contrecœur. Ce n'est pas dans les habitudes de Polycarpe de rester silencieux aussi longtemps.

À côté d'Amel, Christian et Ludivine se tiennent par la main et se bécotent de temps en temps. C'est bizarre de voir sa cousine se laisser aller en public, sachant que sa mère pourrait la voir. C'est très différent de son premier baiser à elle. Amel avait eu un coup de cœur pour Adel, un copain du quartier. Avant de passer à l'acte, ils avaient échafaudé tout un plan. Si quelqu'un les avait surpris, elle aurait été poursuivie à vie par une mauvaise réputation. C'est toujours sur les filles que ça tombe, comme si la honte ne frappait qu'un seul sexe. Avec ses parents, Amel ne parle jamais d'amour. Sa mère l'encourage à aborder tous les sujets : la politique, les grandes questions de société, le sport, les potins... Mais un accord tacite énonce que toute considération sur les relations garçons/filles est taboue. Dans ce domaine, le Triangle d'or est beaucoup moins hypocrite que la cité Picasso.

Entre deux papouilles avec Ludivine, Christian débite sa science sur la Comédie-Française. Il explique que leur loge, au premier balcon, leur permettra de voir 100 % de la scène, c'est pourquoi elles sont si convoitées. D'autres sont moins bien placées et donc moins chères. Les inégalités de la société se retrouvent de façon transparente dans la manière d'assister à des spectacles culturels. Amel trouve ironique que des femmes en robe de soirée et des hommes en costume chic voient moins bien la pièce qu'elle, qui est en jeans et baskets. Elle est presque gênée. Christian décrit par le menu l'historique du « Français ». Amel ne peut pas s'empêcher de se dire que si Polycarpe était là, il rabattrait son caquet à ce frimeur. Ludivine finit par interrompre ce cours magistral :

– Tu sors avec ma cousine ou avec moi, Christian ?

– Tu sais bien que je suis à 100 % avec toi, ma chérie.

– Alors regarde par là, puisque j'y suis.

Ludivine prend Christian par le col et fait pivoter son cou vers elle. Amel se sent soulagée de ne plus avoir à supporter le blabla de quelqu'un qui adore s'écouter parler. Son soulagement est tempéré par le regard assassin de sa cousine. Elle peut y lire : *Défense de toucher.* Pour qui elle la prend ? Elle n'y songerait pas une seconde. Outre que Christian ne l'intéresse pas du tout, la loyauté familiale, c'est sacré.

Les trois coups marquent le début de la représentation. Le noir se fait dans la salle. Il chasse toute pensée de l'esprit d'Amel : la jalousie de sa cousine, le caractère insupportable de son cousin, les troubles de l'identité chez son oncle, ses difficultés d'adaptation chez son oncle, Mahmadou qui répète « le Phèdre de Phèdre ». Il n'y a plus que la scène, les acteurs et le texte. Amel plonge dans un rêve sublime.

MERCREDI

Le monde s'est arrêté de tourner un soir. Amel a été subjuguée par la pièce de théâtre et, les larmes aux yeux, s'est jetée dans les bras de Marie pour la féliciter. Elle a oublié sa tante pendant deux heures : elle a vu Phèdre. Elle a essayé de trouver les bons mots, mais c'étaient les mêmes superlatifs qui tournaient en boucle. Tout lui paraissait bien fade à côté de Phèdre déclamant : « Ce n'est plus une ardeur dans mes veines cachée : c'est Vénus tout entière à sa proie attachée. » Marie n'a plus l'habitude d'une telle ferveur chez un membre de sa famille. Au petit matin, quand elle découvre un énorme bouquet de fleurs au pied de son lit, elle est surprise d'apprendre que c'est Amel qui le lui a offert. Les cent euros de Djibril lui ont finalement été utiles.

Le monde rattrape d'un seul coup Amel quand elle allume son téléphone portable. Son journal d'appels est saturé de coups de fil de Polycarpe. Avant qu'elle ait le temps de composer son numéro, il la rappelle déjà :

– Amel, c'est la catastrophe !

– La dernière fois que tu m'as dit ça, c'est quand tu as eu dix-huit en histoire.

– C'est bien plus sérieux cette fois. La supérette a été braquée !

– Notre supérette de la cité Picasso ? Tu n'as rien ?

– Non, je n'ai rien, sauf que je n'ai plus de stage maintenant.

– Pourquoi ? Elle ne va pas rouvrir ?

– Je ne sais pas trop, il y avait des policiers partout, je suis parti.

– Quoi ? Tu es fou, ils vont croire que tu es complice !

– J'ai obtenu l'autorisation de la patronne. Elle a compris la situation.

– Moi, non !

– J'aurais passé la soirée au poste, on m'aurait posé plein de questions…

– Et alors ?

– Je suis dans la mouise. Comment je vais faire pour mon stage ?

– Tu ne peux vraiment pas retourner là-bas ?

– Il y a des chances que la police y soit toujours…

– Attends, je vais finir par croire que tu as fait le coup !

– Très drôle, Amel.

Le ton de Polycarpe est mi-ironique, mi-amer. Alors qu'il devait être un simple observateur, Mme Baroui, la responsable du magasin, l'a mis en caisse. Ses débuts ont été catastrophiques. Il a cru se faire renvoyer quand, lasse d'attendre dans la file, Mme Koné, l'une de ses voisines, a passé elle-même son paquet de café et ses biscuits secs au lecteur de codes-barres. Il lui fallait retourner les paquets entre ses mains pour trouver les codes. Pendant ce temps, la queue avait le temps de s'allonger. Heureusement, il connaissait la plupart des clients, et si quelques-uns soupiraient, ils soutenaient «le petit Polycarpe», comme ils l'appellent affectueusement. Passé ces premiers moments laborieux, Polycarpe s'était montré beaucoup plus à l'aise. L'après-midi, il allait à une vitesse raisonnable. Il avait des progrès à faire pour être au niveau de Mireille, quinze ans d'expérience, mais plus personne n'avait eu à se plaindre. C'est grâce à elle que Polycarpe n'a pas paniqué pendant le braquage. Ce n'était pas son premier. Elle lui a dit de laisser les trois voleurs prendre ce qu'ils désiraient, car toute résistance était inutile face aux couteaux et aux poings menaçants. Au contraire, ce serait susceptible de provoquer un accident. Le tiroir-caisse était presque vide, son contenu étant régulièrement transféré en lieu sûr. L'essentiel du butin était constitué de confiseries et de barres chocolatées. Il trahissait l'âge des malfaiteurs, des adolescents qui parlaient d'une voix grave sans être convaincants. L'un d'eux s'était distingué par un zézaiement que Polycarpe avait immédiatement reconnu. Comment ne pas se souvenir de Mahmadou en train d'écorcher «le cèdre de Phèdre»? Ses deux complices l'avaient fusillé du regard quand il avait laissé échapper: «F'est bon maintenant, on fe caffe.» Mahmadou s'était tourné vers Polycarpe et il avait lu la surprise dans ses yeux. Il avait su qu'il l'avait reconnu et jusqu'à la sortie, l'avait fixé avec un air indéfinissable. Maintenant, Polycarpe a peur. Il ne lui viendrait pas à l'esprit de le dénoncer, mais si Mahmadou se fourre cette idée en tête, il risque d'avoir des problèmes. Pudique, Polycarpe n'ose pas dire à Amel qu'il aimerait la voir. Certes, elle arrive à l'énerver comme personne, mais elle sait trouver les mots justes quand il en a besoin. Sa meilleure amie l'a toujours protégé. Sa présence suffit à le réconforter. Amel prouve une nouvelle fois qu'on peut compter sur elle quand elle dit, sur un ton qui ne souffre aucune contradiction :

– Pol', on va déjeuner ensemble aujourd'hui.

– Tu es sûre que ça ne te dérange pas ?

– Pas le moins du monde.

En temps normal, Polycarpe n'aurait jamais accepté. Ses parents lui interdisent de quitter le quartier, sauf pour se rendre dans des lieux proches où il ne risque rien, comme l'école et la bibliothèque. C'est pourquoi Polycarpe avait refusé le stage en librairie à La Courneuve. Il leur cachera qu'il va à Paris sinon ils paniqueraient. Avant de raccrocher, Amel prend un air mystérieux en annonçant :

– J'espère avoir une surprise pour toi quand on se verra, petit Pol'.

Amel se sent comme chez elle dans le bureau de Gilles : normal, c'est elle qui en a dessiné les plans, repris tels quels par le nouvel architecte d'intérieur. Elle a demandé un rendez-vous avec le directeur de BRM Consulting à défaut de pouvoir s'adresser à Djibril, parti régler les derniers détails du « contrat du siècle » avec la banque chinoise CBSH. La bonne humeur se lit sur le visage expressif du patron ravi quand il lance :

– Amel, comme tu m'as dit que tu voulais me demander quelque chose, je t'ai apporté des macarons. J'ai vu comme tu aimais ça hier !

Amel est mi-réjouie, mi-embêtée. Ce n'est pas du tout le genre de service qu'elle voulait demander à Gilles.

– Merci, Gilles, mais j'aimerais vous demander une autre faveur.

– Tout ce que tu voudras pourvu que tu me tutoies !

– Ah oui, j'avais oublié. Voilà, mon meilleur ami, Polycarpe, se retrouve sans stage car la supérette où il travaillait a été attaquée.

– Une supérette attaquée à Paris ?

Amel est rattrapée par son mensonge. Elle doit trouver une excuse.

– À Saint-Denis. Polycarpe voulait profiter de son stage pour découvrir d'autres horizons.

– Ah, je vois. Ton ami est un aventurier.

– On peut dire ça comme ça. Est-ce qu'il pourrait travailler avec nous chez BRM Consulting ?

– J'aimerais bien, mais c'est compliqué. Tu as vu toi-même combien nous étions serrés et ça va être pire dès demain, avec les entretiens que nous organisons.

– Je comprends, Gilles. Ce n'est pas grave.

– Non, mais attends, je pense que je peux peut-être faire quelque chose pour lui. Je t'ai parlé du Cercle de l'Union Interalliée ?

– Oui, c'est là que tu as rencontré mon oncle.

– Exactement. Je vais appeler Mathieu de Cujas-Mestran, son président. Il est aussi président du syndic des commerçants du Triangle d'or.

– Merci, Gilles.

Le nom « de Cujas-Mestran » rappelle vaguement quelque chose à Amel, qui n'ose pas poser plus de questions à Gilles. Elle a suffisamment gaffé pendant le déjeuner au Fouquet's. L'inquiétude le dispute à la joie quand elle quitte le bureau. Elle sent qu'un danger flotte et n'arrive pas à se réjouir d'avoir trouvé un stage à Polycarpe.

Deux heures plus tard, Amel est fière de rendre compte de cet entretien à son meilleur ami. Il est venu la rejoindre devant l'hôtel Perrinet de Jars, au 33, rue du Faubourg-Saint-Honoré. C'est l'adresse du Cercle de l'Union Interalliée. Polycarpe n'en croit ni ses oreilles ni ses yeux :

– C'est tellement différent de Saint-Denis… Chaque fois

que j'avançais dans ces rues, je devais me pincer pour me persuader que c'était vrai !

– Moi aussi, ça m'a fait pareil au début. Maintenant, c'est un décor comme un autre.

– Amel la blasée… Tu penses que c'est un endroit pour quelqu'un comme moi ?

– Tu es un petit génie, Pol'. À part la NASA, aucun endroit n'est assez bien pour toi.

– Tu sais bien ce que je voulais dire. Tu vois d'où je viens et comment je suis habillé. Je ne ressemble pas à tous ces gens autour de nous.

– Moi non plus, mais je me suis adaptée. Si j'y suis arrivée, notre petit génie va aussi y parvenir.

Polycarpe n'est pas plus convaincu que ça. Aucun devoir, aucun exercice ne lui fait peur, mais là, c'est autre chose. Paris n'est pas sa ville, il n'y a pas ses repères. Il ne se sent pas à la hauteur des Parisiens, dont les regards marquent la supériorité. Le même sentiment s'était emparé d'Amel lors de ses premiers pas dans le Triangle d'or. Puis elle a réalisé que les riches n'étaient pas si différents. Ses discussions avec Ludivine ressemblaient à n'importe quelle autre avec ses amies de la cité. Le décalage avec les adultes est le même que celui avec ses parents. Certes, il y a des codes très différents, mais elle a compris que le complexe de supériorité qu'elle voyait dans leurs regards était un complexe d'infériorité qui s'était installé dans le sien.

Amel ne résiste pas au plaisir de montrer les magasins chics de l'avenue Montaigne à Polycarpe. Ça ne lui inspire qu'une remarque :

– Tous ces magasins et aucune bibliothèque municipale, c'est triste, non ?

Puis les deux amis cherchent un restaurant dans le quartier. Les prix sur la carte leur rappellent qu'ils ne sont vraiment pas chez eux. Amel regrette presque les cent euros dépensés en fleurs le matin pour sa tante Marie. Presque, car elle sait bien que, si c'était à refaire, elle les lui offrirait à nouveau. À force de détours, ils se retrouvent dans un fast-food des Champs-Élysées. Alors qu'ils dévorent des hamburgers et des frites, Amel revient sur le braquage.

– Tu n'es pas trop secoué, Pol'?

– Ça fait bizarre sur le moment, mais maintenant, vu d'ici, c'est comme si c'était un rêve.

– J'ai beau réfléchir, je ne comprends pas pourquoi tu es parti. Tu serais resté une heure chez les flics et puis voilà.

– Je ne me sentais pas d'affronter ça.

– Tu m'as dit que ça allait. Tu es sûr que tu n'es pas en état de choc ?

– T'inquiète, ça va. Et toi alors, ça se passe comment chez les thunés ?

– Bah, au début je croyais être dans une autre galaxie. Maintenant, je comprends mieux maman, qui dit que ce sont juste des gens comme nous mais avec plus d'argent.

– J'imagine qu'ils ont moins de problèmes que nous.

– Tu rigoles ? Tonton Djibril se fait appeler Gabriel au travail. Et je ne te parle pas de ma cousine Ludivine qui se prend la tête du matin au soir avec son rallye mondain, de mon cousin Martin qui est une vraie tête à claques, de tata Marie qui a l'air toute triste… Et tu sais le pire dans tout ça ?

– Quoi ?
– Ma cousine joue de la harpe ! Un truc de fou, non ?

Polycarpe ne s'attendait pas à cette chute. Il rit tellement qu'il en recrache son burger. Amel a cette faculté de faire basculer une conversation en un bon mot. L'insouciance qu'il lui reproche à l'école est l'une des qualités qu'il lui préfère en dehors. Il la lui envie, lui qui est si sérieux. Pendant une heure, les deux meilleurs amis oublient leurs tracas : le stage d'Amel et l'entretien de Polycarpe. Ils savourent le plaisir simple d'être ensemble.

Polycarpe a une boule au ventre en traversant la fastueuse cour de l'hôtel Perrinet de Jars. Jusque-là, il associait le mot « hôtel » aux façades grises des lieux fonctionnels où l'on accueille des visiteurs pour une ou plusieurs nuits. Il découvre un hôtel particulier qui se rapproche plus du château de Versailles que du Formule 1. Bordé d'un jardin aux haies impeccablement taillées, l'endroit transpire le luxe. Écrasé par le décorum, Polycarpe est gagné par une nervosité croissante, si bien qu'il en oublie de regarder devant lui, où une palette de journaux obstrue le passage. Peu épais, Polycarpe doit pourtant se mettre de travers et rentrer le ventre pour pouvoir se frayer un chemin. La contorsion l'a pour un temps détourné de l'intérieur, tellement incroyable qu'il en a le souffle coupé. Ce n'est pas tant la beauté qui lui donne le vertige que le sentiment de toute-puissance qui émane des boiseries et des pierres. Le choc esthétique est secondaire par rapport à la sensation d'être minuscule. Une personne râblée s'approche de lui pour l'accueillir. Alors qu'ils ont à peu près la même taille, Polycarpe a l'impression d'être un nain. Tout à son stress, il l'entend à peine lui dire :

– Enfin, je vous attendais !

Avant d'entrer dans le bâtiment, Polycarpe a regardé sa montre. Il avait dix minutes d'avance. Est-il possible qu'il ait mis autant de temps à traverser la cour ? Est-ce qu'il existe une convention qui commande aux riches d'arriver plus tôt que l'heure prévue ?

L'homme poursuit :

– Pouvez-vous mettre les journaux à leur place ?

Polycarpe aimerait bien demander de quelle place il parle. Trop intimidé, il se saisit des journaux pour faire bonne impression. Il ne remet en cause ni l'autorité ni la manière dont elle s'exerce. Si Mme Baroui, la directrice de la supérette de Saint-Denis, l'avait accueilli par un ordre, il n'est pas sûr qu'il lui aurait obéi aussi docilement. Les bras chargés de papiers, Polycarpe attend les instructions suivantes quand une voix le hèle :

– Qu'est-ce que tu fais, gamin ?

– Je range les journaux à leur place, comme l'a demandé monsieur.

– Mais c'est mon boulot !

L'homme râblé qui a interpellé Polycarpe se demande ce qui se passe. Le comte Mathieu de Cujas-Mestran a d'autres chats à fouetter que de s'occuper de l'intendance. Polycarpe se présente à lui :

– Monsieur, je suis Polycarpe Diallo, c'est Gilles Bardieu de BRM Consulting qui m'envoie.

– Ah, très bien. Je vous ai pris pour le livreur de journaux. Je ne savais pas que vous étiez…

Mathieu de Cujas-Mestran s'interrompt. Polycarpe et le livreur se regardent. Leur seul point commun est d'être noirs. Le comte se rattrape :

– Je ne savais pas que vous étiez si jeune. Suivez-moi, je vous en prie.

Le comte conduit Polycarpe dans son bureau. L'endroit ressemble à la bibliothèque de ses rêves. Une multitude d'ouvrages aux reliures magnifiques recouvrent les étagères d'un meuble en ébène. Polycarpe respire à pleins poumons l'odeur de vieux livre. Pour la première fois, il se sent chez lui. Mathieu remarque le frisson de bien-être qui traverse son jeune invité.

– Je vois que vous aimez les livres.

– Je passe ma vie à la bibliothèque municipale de Saint-Denis !

– Saint-Denis ? Vous vivez là-bas ?

– Euh, oui. Ça pose un problème ?

– Non, bien sûr que non. C'est juste que je n'ai pas l'habitude de me trouver face à des personnes telles que... vous.

Polycarpe préfère ne pas épiloguer sur le sens à donner à cette dernière phrase. Il tend son CV à Mathieu de Cujas-Mestran.

– Polycarpe, je vois que vous n'avez pas beaucoup d'expérience...

– Je n'ai que treize ans. J'ai un an d'avance à l'école.

– Même pas un engagement dans une association ? Il doit y en avoir beaucoup dans votre département.

– Je préfère me consacrer à mes études et à ma passion, l'astronomie.

– C'est très bien d'avoir la tête dans les étoiles, mais il faut voir en deçà. Gilles m'a dit que vous étiez un ami de son collaborateur Gabriel. Eh bien, je vais vous donner le même conseil qu'à sa fille Ludivine, que j'ai reçue ici même : engagez-vous dans une association, n'importe laquelle. Ce sera très bien pour votre CV, ça donnera l'impression que vous vous inscrivez dans un parcours citoyen.

– Euh… Merci du conseil.

Polycarpe ne sait pas comme réagir à cette leçon de cynisme. Il croyait naïvement que l'engagement avait un sens en soi. Si on agit pour les autres en fonction des résultats que l'on attend pour soi, il ne s'agit plus d'un acte désintéressé, mais d'un calcul.

– Polycarpe, quelqu'un vous a parlé du syndic des commerçants du Triangle d'or ?

– Pas vraiment, et il n'y a pas beaucoup d'informations sur Internet.

– Nous préférons rester discrets. En fait, nous représentons les commerces du quartier. Nous travaillons en bonne intelligence avec la mairie d'arrondissement afin que le quartier conserve son identité, son standing, si vous voyez ce que je veux dire.

– À vrai dire, pas vraiment.

– Un exemple : les horribles fast-foods sur les Champs-Élysées. C'est tout le contraire de ce que nous voulons.

Le cœur de Polycarpe fait un bond. Il se demande si Mathieu de Cujas-Mestran n'a pas senti à son haleine l'odeur des deux burgers de ce midi, malgré les pastilles de menthe qu'il a avalées.

– Polycarpe, nous sommes attachés à la tradition, comme le montre cet hôtel. Vous verrez moins d'équipements municipaux dans le Triangle d'or que dans d'autres arrondissements, car nous préférons nous occuper de la gestion du quotidien.

– Et la mairie ?

– Je vous l'ai dit : nous travaillons la main dans la main. Nous définissons des objectifs communs et nous travaillons ensemble pour les atteindre. C'est gagnant-gagnant. Mais trêve de discussion, je ne peux rien refuser à mon cousin.

– Votre cousin ?

– Oui, Gilles est mon cousin. Vous êtes embauché à ce stage de... de quoi déjà ?

– D'observation en entreprise.

– Ah oui. Nous préparons une réception pour ce soir, vous pourrez découvrir nos coulisses.

– J'espère que je mettrai la main à la pâte. J'adore ça.

– J'aime beaucoup votre enthousiasme. Vous voulez commencer aujourd'hui ?

Le comte n'a pas besoin d'entendre la réponse de Polycarpe : un immense oui se lit sur son visage.

Djibril avait prévenu Amel que les consultants envahiraient l'espace de travail dans l'après-midi. Il ne croyait pas si bien dire : sitôt l'accord avec CBSH officialisé, les postulants se sont bousculés. L'annonce postée sur le réseau professionnel Linked In a confirmé la rumeur qui agitait ce petit monde où tout se sait. Calixte, la directrice des ressources humaines, ne peut pas recevoir le flot à elle seule. Sa priorité : engager des chargés des ressources humaines, pour l'aider à trier les candidatures. Elle a aussi fait appel à un cabinet de recrutement pour l'aider. En attendant que cette intendance se mette en place, les consultants de BRM mèneront les premiers entretiens d'évaluation sur les compétences professionnelles. Toutes les questions ont été rédigées sur un document support par Calixte. Elle avait eu beau anticiper l'issue favorable, personne ne pouvait s'imaginer que le transfert d'activités allait être aussi conséquent. Les consultants, reconvertis en recruteurs de fortune, reçoivent à deux chaque candidat, puis ils croisent leurs avis pour savoir si cela vaut la peine de les diriger vers Calixte et sa future équipe. Certains bureaux ont été séparés en deux, voire en trois, par des paravents. D'ordinaire, les consultants travaillent en extérieur, dans les locaux de leurs clients, ils sont rarement chez BRM Consulting et alors, on leur trouve un poste de travail. Ils n'ont pas vocation à être présents simultanément. Sandra, Bernard, May, Alphonse, Ahmed, Boubacar, Cédric, Lang, Jean-Michel, Alyson, Joao, Sandro, Jessica, Paul, Shane, Ghania, Martin, etc. 37 sur les

47 employés de BRM Consulting sont mobilisés. Les dix manquants n'ont pas pu être libérés par leurs clients car ils travaillent sur des missions urgentes ou sensibles. On a mis à contribution les stagiaires. Dans la panique, il a même été question qu'Amel soit dans un jury. Une suggestion balayée d'un revers de main par Calixte, Gilles et Djibril : une telle responsabilité n'entre pas dans le cadre de sa convention de stage et être reçus par une adolescente serait vexatoire pour des futurs salariés.

Djibril se frotte les mains, autant devant la tâche qui l'attend que de satisfaction. Il est difficile d'évaluer la qualité d'un travail accompli, les résultats interviennent souvent à long terme. La file d'attente interminable devant les bureaux est la preuve tangible de son succès, la récompense de tous ses efforts. Il a décidé qu'il recevrait lui aussi des candidats. Il veut rester un homme de terrain, malgré les recommandations de Gilles, qui estime qu'il devrait prendre de la hauteur. Il a été tellement persuasif que le directeur a accepté de recevoir avec lui les candidats les plus prometteurs, ceux qu'on appelle les *high potentials*. Amel est livrée à elle-même. Gilberto, l'architecte d'intérieur qu'elle assiste, a été prié de prendre son après-midi le temps des entretiens. N'ayant plus rien à observer, elle a demandé à Gilles et à Djibril la permission d'interroger quelques candidats de façon informelle sur leurs motivations. Ils ont accepté. Elle aurait obtenu tout ce qu'elle voulait, tant les deux hommes sont d'excellente humeur. L'objectif inavoué d'Amel est de comprendre comment son oncle a pu basculer de la physique nucléaire au consulting. Ainsi, elle se rapprocherait peut-être de lui. Quand Amel se présente à l'un des hommes en costume debout dans le couloir, il la prend d'abord pour une assistante. Aussi raide dans sa posture que maîtrisé dans sa communication, il ressemble à un barreau de chaise doué de parole. C'est seulement en apprenant qu'elle est simple stagiaire de troisième qu'il se détend. Amel peut commencer à l'interroger :

– Vous êtes sans emploi ?

– Non, je suis en poste dans un autre cabinet de consulting. Je teste le marché, selon l'expression consacrée.

– Désolée, je ne la connais pas. Vous pouvez me l'expliquer ?

– Disons que je suis là pour voir si on peut m'offrir mieux ailleurs.

– Ah, d'accord. Pour gagner plus d'argent.

– C'est exprimé crûment, mais c'est à peu près l'idée.

– Et pourquoi avez-vous choisi ce métier ?

– Nous en avons déjà parlé.

– Euh… l'argent ?

– Oui.

– Quelle est votre formation ?

– École de commerce.

Au début, l'homme voulait réaliser les espoirs professionnels de ses parents, puis acheter un appartement et ainsi avoir un toit bien à lui au-dessus de la tête, ensuite mettre ses deux enfants dans les meilleures écoles… À chacune des étapes de sa vie, une inquiétude différente à laquelle il a répondu par une seule réponse : toujours plus d'argent. Amel se dirige vers une femme en tailleur. Son regard doux contraste avec son verbe sec, son ton cassant. Trompée par sa première impression, Amel est venue à elle :

– Vous pouvez m'expliquer ce qu'est le métier de consultant ?

– Nous accompagnons les entreprises dans leur développement. Chez BRM Consulting, les activités sont : *organization, management* et *strategy*.

– Vous voulez dire que ce ne sont pas les entreprises elles-mêmes qui décident de ça ?

– Nous les aidons à prendre la décision et à mettre en place les meilleurs process pour y parvenir.

– Hum… Ça veut dire quoi ?

– Des méthodes pour rendre le management et la *chain of decision* plus efficiente. Nous out-sourçons les activités *front office*, le *core business* de la boîte.

– Et quelles études avez-vous faites ?

– L'École normale supérieure, rue d'Ulm. J'ai été trois ans prof de français à l'université.

– Ah, d'accord.

Amel s'amuse de l'ironie de la situation et se dirige vers une autre candidate. C'est la seule à ne pas porter un tailleur sombre et des talons hauts, mais un pantalon de flanelle rose et des baskets. Elle lui paraît la plus abordable de tous les postulants et c'est aussi la seule à se présenter la première :

– Alice Tardieu, enchantée.

– Amel Bamedia-Massini, enchantée aussi. C'est drôle, vous ne ressemblez pas à une consultante.

– J'espère que ce ne sera jamais le cas !

– C'est pourtant votre métier.

– Disons que je n'ai pas le choix. J'ai travaillé vingt-cinq ans dans une banque, et, peu à peu, les activités ont été externalisées, elles ont été captées par des boîtes de consulting qui offrent plus de flexibilité.

– Plus de flexibilité ?

– Elles peuvent embaucher et renvoyer plus facilement que les grosses entreprises, soumises à la pression des syndicats et des médias.

– C'est vachement cynique. Ça ne vous dérange pas ?

– Bien sûr que si et, de toi à moi, si je suis là, c'est parce que mon agent Pôle Emploi m'y oblige. J'ai déjà refusé deux fois ce qu'on appelle une offre raisonnable d'emploi.

– Qu'est-ce que ça signifie ?

– À vrai dire, je n'en sais rien, c'est du jargon administratif. Si je refuse une troisième, je serai radiée de la liste des demandeurs d'emploi et je n'aurai plus aucun droit au chômage.

– Ah oui, c'est chaud !

– Comme tu dis ! Je ne ressemble à aucun des candidats parce que moi, je ne veux pas être prise !

Amel sourit à la malice d'Alice. Celle-ci lui parle de bien-être, de méditation, de quête d'elle-même, de lecture. Amel en oublie les autres candidats pour converser avec cette drôle de femme qui arrive même à la convaincre de lire *Le Menteur* de Corneille, une pièce de théâtre désopilante, dans laquelle le personnage principal, Dorante, s'évertue à échafauder des scénarios impossibles. La passion d'Alice est contagieuse. Amel ressent un pincement au cœur quand Alice est appelée pour son entretien. Elle se dit que c'est un monde étrange, le consulting. On peut y accéder en faisant du commerce, des lettres classiques ou de la physique nucléaire. On peut même y entrer par accident : elle apprendra plus tard qu'Alice Tardieu a été embauchée. Djibril a été séduit par son anticonformisme. « C'est avec des gens différents qu'on peut avoir des idées différentes » a-t-il déclaré à la nouvelle consultante, surprise, qui a demandé deux semaines avant de prendre son poste. Elle veut enfin lire les sept tomes de *À la recherche du temps perdu* avant de perdre le sien en devenant consultante.

Sur l'échelle des catastrophes humaines, il y a les guerres, les virus, les famines, les tremblements de terre et les retards de livraison d'un vêtement. Au téléphone avec Maximilien Defresnes, Ludivine fait les cent pas dans le salon. Le créateur de mode lui apprend que, débordé par son émission de télé-réalité, il n'a pas pu consacrer autant de temps qu'il l'avait voulu à sa robe pour le rallye de ce soir. Il est « un peu à la bourre », selon son expression, il lui promet de redoubler d'ardeur à la tâche. Ludivine aimerait bien le croire, mais une demi-heure plus tard, elle entend à la radio la même voix sirupeuse de Maxou en train de répondre à une interview en direct. Elle a envie de l'étrangler.

En quête de soutien moral, Ludivine appelle Christian, son cavalier, qui demeure injoignable. Son père, Djibril, est accaparé par les entretiens de recrutement et sa mère, Marie, est en pleine répétition : ils sont eux aussi aux abonnés absents. Le monde conspire contre elle en ce moment crucial. Elle craque. La situation lui échappe complètement. Martin la surprend en train de sécher ses larmes et vient la câliner. Ludivine s'abandonne quelques minutes dans ses bras. Ça fait du bien, mais ça ne résoudra aucun de ses problèmes. À court de solutions, elle est contrainte de recourir à la personne qu'elle souhaitait éviter en particulier : Amel.

Amel est intriguée quand le nom de sa cousine s'affiche sur l'écran de son téléphone. À sa voix caverneuse, elle comprend qu'elle n'est pas bien. Elle a fini de satisfaire sa curiosité avec les consultants, dont elle a découvert que le métier consiste à faire payer cher aux entreprises des conseils sur leur propre métier. Gilles l'autorise à quitter le cabinet dès le milieu d'après-midi. Amel essaie de presser le pas pour rejoindre Ludivine, mais ses talons la ralentissent. En dix minutes d'un trajet qu'elle aurait parcouru en cinq en baskets, elle arrive à l'appartement où Ludivine l'accueille avec ces mots :

– Tu en as mis du temps !

Amel ravale une repartie cinglante. Elle est là pour aider Ludivine, à qui elle veut accorder le bénéfice du doute : si elle est imbuvable, c'est à cause des circonstances. La voix de Ludivine se radoucit :

– Amel, j'ai besoin de toi pour garder Martin. Impossible d'engager une baby-sitter de confiance à cette heure, et je dois m'absenter pour trouver Maxou et Christian.

Amel évalue la proposition de Ludivine. Jusque-là, la relation avec son cousin capricieux s'est avérée plutôt glaciale. Il l'insupporte avec ses manières d'enfant gâté, encouragé par un entourage trop permissif. Comme il n'a aucune limite, il se permet tout. Quelques larmes suffisant à mettre le monde à ses pieds, il a systématisé la pleurnicherie comme instrument de pouvoir. Elle se dit que cette expérience en tête à tête pourrait la rapprocher de sa famille.

– D'accord.

– Tu me promets d'être gentille avec lui ?

– Je te promets d'être juste avec lui.

Dans d'autres circonstances, Ludivine ne se contenterait pas de cette réponse. L'urgence lui commande de faire l'impasse sur de longues négociations. Occupé à jouer avec ses voitures dans son coin, Martin ne réagit pas. Amel se méfie : ce gamin est trop calme. Ludivine poursuit, haletante :

– Martin mange deux tartines de chocolat pour le goûter à 16 h 30 tapantes, il fait ses devoirs entre 17 et 18 heures, ne manque jamais les dessins animés entre 18 et 19 heures, prend son bain à 19 heures pile, l'eau doit être à trente-sept degrés, s'il a peur ou s'il le réclame, il faut le prendre dans les bras...

– C'est encore plus précis qu'un programme militaire !

– Attends, je n'ai pas fini. Il faut que...

– Pars l'esprit tranquille, je m'en occuperai bien.

L'oreille distraite, Amel a coupé trop brutalement Ludivine. Inquiète, la grande sœur inscrit sur papier une *to do list*. L'anglicisme rappelle à Amel le vocabulaire des consultants. Elle en sourit. Ludivine interprète mal l'expression qui traverse son visage.

– C'est très sérieux, Amel, je peux compter sur toi ?

– Bien sûr, ma chère cousine.

Amel saisit consciencieusement la feuille en forçant un sourire chaleureux, loin de convaincre Ludivine. Si ce n'était l'imminence du rallye, elle ne la laisserait jamais seule avec Martin. Dès que la porte se referme derrière sa sœur, Martin cesse de jouer avec ses voitures et se dirige vers Amel :

– Tu sais pourquoi Ludivine n'a pas trouvé de baby-sitter ?

– Non.

– Parce que j'ai fait renvoyer les cinq dernières.

Amel est interloquée par le toupet de Martin. Il veut jouer à ce jeu avec elle ? Il va voir ce qu'il va voir. Elle chiffonne la *to do list* de Ludivine et, d'un shoot de cinq mètres, atteint la poubelle en plein dans le mille.

Christian a passé un sale quart d'heure. Ludivine lui a mis la main dessus dans les locaux de SOS Humanité en danger. Il avait oublié son téléphone portable chez lui. Heureusement qu'il est aussi prévisible qu'étourdi, elle savait où le retrouver. Il passe tout son temps libre à l'association, ce qui prouve son grand cœur. Grâce à son cavalier, dont les parents sont parmi les plus grandes fortunes de France et aussi parmi les meilleurs clients du magasin de luxe, elle a réussi à mettre la pression sur Maximilien pour qu'il s'occupe immédiatement des finitions de sa robe. Ça valait la peine d'attendre : elle est sublime. Soulagée, Ludivine peut enfin rentrer avec Christian. Elle est inquiète d'avoir laissé Amel et Martin ensemble. Elle est catastrophée quand elle ne trouve personne à l'appartement. Pourtant il est 19 h 20, Martin devrait avoir fini son bain. Ce n'est pas normal. Elle crie à la volée pour savoir où ils sont. Aucune réponse. Elle sonne chez les voisins qui n'ont ni entendu de bruit suspect ni rien vu de spécial. Ludivine envisage d'appeler la police quand les éclats de rire de Martin et d'Amel lui parviennent du couloir. Avant qu'Amel ait enfoncé sa clé dans la serrure, elle ouvre la porte et l'accueille, folle de rage.

– Où êtes-vous allés ? Amel, qu'est-ce que je t'avais dit ? Martin n'a même pas pris son bain ! Tu peux me dire ce qui s'est passé ?

– On a fait quelque chose de très grave : on s'est amusés.

– Quoi ? Il a mangé au moins ? Et fait ses devoirs ?

– On a pris une crêpe chez un marchand ambulant et il va faire ses devoirs maintenant... Enfin, si tu nous laisses tranquilles !

– Tu plaisantes ? Je t'ai dit exactement ce qu'il fallait faire et voilà que... Martin, elle t'a fait du mal ? demande Ludivine, affolée.

– Non, on a bien rigolé. On a dansé sur Let's Dance puis on est allés à l'aire de jeux puis...

– C'est elle qui t'a forcé ?

– Non, Ludivine, c'était trop drôle. Tu veux que je te montre ce que j'ai appris ?

Martin se met à danser le floss, mais Ludivine n'y prête pas attention. À la place, elle foudroie Amel d'un regard qui s'assombrit encore plus quand Christian intervient :

– Ce n'est pas grave, ma chérie. Personne n'est blessé...

– Toi, tais-toi ! Si tu n'avais pas oublié ton portable, rien de tout ça ne serait arrivé et je n'aurais pas eu besoin de cette... de ma cousine pour garder Martin. Regarde dans quel état il est ! Il est tout sale. Que vont dire papa et maman ? Et d'abord, où est papa ? C'est lui qui doit m'accompagner pour ma première danse. S'il me lâche, c'est la catastrophe !

À la fin de sa tirade, Ludivine pleure à chaudes larmes. Quand Christian veut la serrer dans ses bras, elle se dégage brusquement. Même quand Martin s'approche d'elle, elle ne lui rend pas son accolade. Le stress de l'événement le plus important de l'année succède à la décompression du soulagement. Les deux émotions fortes se télescopent et la mettent dans tous ses états. Recroquevillée, elle décompense quand la porte s'ouvre sur Djibril. Il affiche un sourire jusqu'aux oreilles : les entretiens se sont très bien passés. Des paquets cadeaux à la main, il veut partager sa joie avec ses enfants. Ludivine l'assaille de questions dans tous les sens :

– Tu n'as pas oublié le rallye, j'espère ? Où est ton costume ? Quelle heure il est ? On est en retard ? Tu sais ce qu'a fait Amel avec Martin ?

Le sourire de Djibril se fige au fur et à mesure des questions de sa fille. La dernière question à propos d'Amel et de Martin l'efface complètement :

– Qu'est-ce qui s'est passé avec Martin ?

– Amel l'a sorti jusqu'à pas d'heure. Elle n'a pas respecté son programme !

– C'est vrai, Martin ?

Martin regarde Amel qui, pour le sortir de son conflit de loyauté, répond à sa place :

– Oui, c'est vrai. Nous sommes allés jouer au lieu de…

– Ludivine t'avait donné le programme de Martin ?

– Oui, mais…

– Il n'y a pas de mais. On ne peut vraiment pas te faire confiance, Amel.

– Mais…

Martin veut défendre Amel :

– C'est pas juste, Amel s'est bien occupée de moi !

– Tu as fait tes devoirs ?

– Euh…

– Tu as pris ton bain ?

– Euh…

– Très bien, je vais appeler une nouvelle baby-sitter.

– Mais je veux rester avec Amel !

– Non, c'est non. Et tu seras bien sage, sinon elle ne voudra pas te garder, comme les autres !

Djibril ne laisse pas le temps à Martin de réagir. Le téléphone à la main, il se précipite dans sa chambre pour enfiler son costume. Après avoir passé des coups de fil toute la journée au bureau, il doit remettre ça en revenant chez lui. Il aimerait parfois se reposer, se laisser aller. Il se souvient avec nostalgie des moments en tête à tête passés avec Marie. C'était un jeune chercheur en physique nucléaire qui n'avait pas la charge d'une famille. Et avant cela, c'était sa sœur Salwa qui portait l'essentiel des responsabilités à sa place. Est-ce qu'être adulte, c'est ne plus avoir de temps pour soi ?

Marie revient de ses répétitions à la Comédie-Française. Elle l'embrasse mécaniquement, sans la saveur des baisers d'antan. Il veut présenter ses excuses pour avoir été absent à la représentation de *Phèdre*, la veille, mais elle ne le regarde pas. C'est comme s'ils évoluaient tous les deux séparément dans la même pièce : elle fait ses exercices de diction tandis qu'il appelle une baby-sitter pour Martin. En rejoignant sa fille dans le salon, il compose un sourire pour donner le change. Ludivine est ravie de le voir si élégant et sa mauvaise humeur lui passe. Même Amel, pourtant fâchée, concède du bout des lèvres qu'il est pas mal du tout. Seule sa femme n'a fait aucun commentaire. Ça fait si longtemps qu'elle ne lui a pas dit qu'il était beau.

Polycarpe est un petit génie. Il le prouve une nouvelle fois en racontant au téléphone sa première journée à Amel. En quelques heures au syndic des commerçants du Triangle d'or, il a de quoi remplir trois rapports de stage ! Il s'est d'abord familiarisé avec son nouvel environnement lors de son tour du quartier avec Mathieu de Cujas-Mestran. Puis il a assisté à la préparation d'un événement dans un hôtel incroyable. Comme il gênait un peu au milieu de tout ce monde, il a proposé ses services à la comptabilité pour apprendre quelques rudiments. Amel dit pour plaisanter que si ça continue, il va devenir comte à la place du comte ! Le temps semble s'être accéléré : inquiet ce matin, Polycarpe est plus épanoui que jamais ce soir. Il parle beaucoup plus que d'habitude, passant d'un sujet à l'autre.

– Mathieu m'a dit de m'inscrire dans une association.

– Laquelle ?

– Mathieu va me donner des conseils.

– Tu ne penses plus par toi-même, Pol' ? Tu commences toutes tes phrases par « Mathieu » ! C'est ton gourou ou quoi ?

– Mais non ! Mathieu m'a dit que… Enfin, il a donné le même conseil à ta cousine.

– Ludivine ? Quel conseil ?

– De faire du bénévolat dans une association de défense des droits de l'homme pour étoffer son CV.

– Ah, d'accord. Je comprends mieux l'engagement de ma

cousine à SOS Humanité en danger... Et toi, ça ne te dérange pas ?

– Quoi ?

– Maman me dit toujours qu'il faut s'engager pour les autres plutôt que pour soi.

– Ta mère, c'est ton gourou ?

Polycarpe change à vue d'œil : il a même appris le sens de la repartie. Intarissable, il poursuit :

– Mathieu va me donner des tuyaux pour mon avenir professionnel. Il dit que je ferai un excellent comptable ou financier.

– Tu ne veux plus devenir astronaute ?

– Tu avais raison, c'est un rêve idiot...

– Ce n'est pas ce que je voulais dire.

– Ah ? Vraiment ?

Amel est prise à son propre piège. Elle n'a cessé de se moquer de Polycarpe et de sa lubie des étoiles.

– J'ai même commencé à lire le bilan et le compte de résultat d'une entreprise.

– C'est quoi ça ?

– C'est pour connaître l'état de santé d'une entreprise. C'est très codifié, il faut apprendre quel actif ou quel passif placer dans quelles lignes et...

– Pol', je préfère quand tu me parles des étoiles.

Polycarpe continue comme s'il n'avait pas entendu l'objection d'Amel. Il semble aussi passionné par la comptabilité qu'il l'était par les étoiles. Où est passé le petit Pol' ? Pendant qu'elle fait semblant de l'écouter, Amel entend les bruits de pas de sa tante Marie, sur le point de partir à la Comédie-Française. Elle est en retard et ce n'est pas à cause du taxi. Quand elle l'a croisée tout à l'heure dans le couloir, elle avait l'air absente. Le brusque silence de Polycarpe la tire de sa réflexion. Elle sort de la façon la plus hypocrite :

– C'est passionnant tout ça, Pol'.

– D'accord, mais c'est oui ou c'est non ?

– Pardon ?

– Pour la soirée ?

– Quelle soirée ?

– Celle dont je viens de te parler ! Tu m'as écouté, au moins ?

– Bon, j'avoue, j'ai déconnecté quand tu me parlais de résultat d'exploitation.

– Tu veux m'accompagner à une soirée ?

– Une quoi ?

– Une soirée !

Si Amel ne connaissait pas le sérieux à toute épreuve de Polycarpe, elle croirait qu'il blague. Son meilleur ami veut aller danser ? C'est aussi improbable que si Kim Kardashian ne postait pas de photos sur Instagram pendant un an !

– Toi, Polycarpe Diallo, le mec que personne n'a jamais vu ailleurs qu'à la bibliothèque municipale, tu vas aller à une soirée ?

– Ce n'est pas ce que tu crois ! Mathieu m'a proposé d'aider au service. Si tu savais combien je vais être payé rien que pour un soir…

– Il a le droit de faire ça ? Tu n'as que treize ans.

– Ce sera une prestation au noir. Mathieu travaille beaucoup comme ça.

– Mais ça ne te pose pas de problème ? Ni à tes parents ?

– Cet argent, ce ne sera pas pour moi mais pour eux. Je leur ai dit que j'allais dormir chez toi. J'ai dû énormément insister pour les convaincre, ils n'ont accepté que parce qu'ils te connaissent et que tu habites le quartier. Tu me couvres, hein ?

– Chez moi ? C'est la première fois que tu leur mens !

– Pour une bonne raison. Ils font tellement pour moi. Et tu sais…

Polycarpe se ravise. Il a failli révéler un secret qu'il n'a jamais dit à personne, pas même à Amel, qui s'interroge :

– Je sais… ?

– Non, rien. Je voulais juste te remercier pour ce que tu as fait pour moi, Amel.

– C'est rien, mon petit Pol'. Chez qui tu vas dormir ?

– Tu ne vas pas me croire : Mathieu m'a réservé une chambre au Peninsula !

– Ah ouais, carrément ! C'est presque trop beau… Tu es sûr que tu veux faire cet extra ? C'est illégal.

– Je sais, mais Mathieu me dit qu'il n'y a aucun risque. Il le fait depuis des années.

– Je ne sais pas trop. Je n'aime pas que tu trempes dans des histoires louches.

– Tu me dis ça depuis le CP. C'est gentil de me protéger, Amel, mais je suis grand maintenant.

Une fois, Amel avait surpris Polycarpe avec une bande au pied d'une barre d'immeubles. Il venait d'entrer en sixième et il voulait jouer au grand. Amel l'avait tout de suite recadré : Polycarpe, le petit génie, valait mieux qu'eux. Elle lui avait fait la morale et ç'avait marché. Polycarpe est le petit frère qu'elle n'a jamais eu, elle s'en voudrait de l'avoir laissé entre de mauvaises mains. Mais elle doit le laisser se fier à son propre jugement. Après tout, c'est ce qu'elle demande à ses parents vis-à-vis d'elle.

– Alors Amel, tu vas venir ?

– Je ne sais pas. Ça ne se passe pas très bien ici. Tout le monde me fait la gueule sauf Martin.

– Justement, c'est une bonne raison pour sortir !

– À qui je demande l'autorisation ? Je n'ai même pas les clés de l'appartement.

– Ta tante ?

– Elle va partir pour la Comédie-Française.

– Dépêche-toi alors !

– Je ne sais pas trop...

– S'il te plaît, Amel. Qu'est-ce que je vais devenir sans toi ?

Polycarpe a touché le point faible d'Amel : l'instinct de protection. Elle se mettrait en travers d'une voiture qui foncerait sur Polycarpe. Elle prépare un argumentaire express pour convaincre Marie de la laisser sortir ce soir. C'est une habitude acquise avec sa mère, avec qui il faut tout négocier. À sa grande surprise, elle n'a pas besoin d'insister : elle n'a qu'à demander pour obtenir la permission. Elle annonce la nouvelle à Polycarpe :

– C'est bon, j'ai obtenu mon bon de sortie.

– Cool, ça va être une soirée inoubliable !

Polycarpe ne croit pas si bien dire.

Arrivée au lieu de rendez-vous, place de l'Étoile, Amel n'était pas prête à assister à ce spectacle : Polycarpe est devant elle, la gorge serrée par un nœud papillon et il flotte dans un smoking trop grand pour lui. On dirait Casper, le gentil fantôme. Son premier réflexe est de rire aux éclats. Ce n'est que dans un second temps qu'elle prend conscience que sa tenue jeans-baskets est beaucoup trop décontractée pour l'occasion.

– Désolée Pol', je vais devoir rentrer pour me rhabiller.

– Pas le temps. Et de toute façon, tu resteras dans les coulisses.

– Ah bon, je croyais que c'était une vraie soirée.

– C'est mieux que ça ! On verra comment les aristos s'amusent entre eux ! Moi, je ferai partie du service, toi tu seras en première ligne pour assister au spectacle. On va se marrer, tu vas voir !

Le changement de Polycarpe inquiète Amel. Elle ne voudrait pas que le petit génie devienne un mauvais génie. Est-ce qu'il se moque d'elle ? C'est un peu malsain d'observer les gens comme on regarde les animaux dans un zoo. Si n'importe qui d'autre lui avait fait la même proposition, elle serait partie sur-le-champ. Elle n'a pas le temps de pousser plus sa réflexion : en une minute, les voilà arrivés devant un immense hôtel de l'avenue Kléber. Sa façade illuminée l'hypnotise. Elle s'était décidée à soutenir Polycarpe, elle reste parce qu'elle est fascinée.

Voyant ses yeux émerveillés, Polycarpe lui dit :
– Tu vois pourquoi j'ai insisté pour que tu viennes ? Je ne me suis pas moqué de toi, hein ?

Bouche bée, Amel a l'impression de plonger dans un de ses manuels d'histoire sur la monarchie sous Louis XIV. L'intérieur est encore plus fastueux. Un immense lustre accroché au plafond domine la salle de réception. Tout est tellement haut qu'elle a constamment la tête en l'air. Il lui faut quelques secondes avant de reprendre son souffle et pouvoir parler :
– Tu m'as amenée au château de Versailles, ma parole !
– Non, mais presque.
– On est où ?
– À l'hôtel Peninsula. Je suis sûr que ça ne te dit rien !

Polycarpe se trompe lourdement. Peninsula, ce nom a été prononcé par Ludivine quand elle parlait de son rallye.
– Pol', ne me dis pas que nous sommes au rallye de Ludivine Massini.
– Oui, c'est bien un rallye. Mais je ne sais pas de qui. Ludivine Massini ? Tu veux dire que c'est ta…
– Ma cousine. Il faut absolument que je parte.
– Elle t'en voudrait tant que ça ?
– Pas le temps de tout t'expliquer. Amuse-toi bien sans moi, mon petit Pol'.

Amel se tourne à la vitesse de l'éclair et percute un petit homme en smoking très élégant. Elle bafouille des excuses et Polycarpe fait les présentations :

– Amel, c'est le comte Mathieu de Cujas-Mestran, dont je te parle souvent…

– … et Gilles Bardieu, son cousin, coupe une voix dans son dos.

Amel sursaute. Elle croit vivre un mauvais rêve : c'est Gilles de BRM Consulting qui se trouve face à elle. À côté de lui, il y a Émérance de Cujas-Mestran, sa nièce, l'organisatrice du Bal des Débutantes, dont Ludivine craignait qu'elle ne les voie ensemble dans le magasin de luxe de l'avenue Montaigne. Si sa cousine était là, elle deviendrait folle. Amel marmonne un mot d'excuse pour partir au plus vite mais Gilles la retient :

– Reste s'il te plaît ! Je vous ai raconté comment cette jeune femme a sauvé la boîte hier ?

Sans attendre la réponse, Gilles se lance dans le récit de ce qu'il appelle l'« exploit » de sa jeune stagiaire. Avec son sens de l'exagération coutumier, on dirait qu'il raconte une bataille napoléonienne. Il dépeint Amel en héroïne avec des gestes amples, seulement interrompus par l'irruption de Djibril, Christian et Ludivine. L'organisatrice de la soirée, son père et son compagnon vérifient si tout est en ordre avant de recevoir les premiers invités. Tout était parfait jusque-là. Même Djibril n'a rien trouvé à redire lors de ce tour d'inspection. Ludivine devient livide en voyant Amel, elle vit son pire cauchemar. Malgré tout le self-control appris dans des manuels de bienséance, elle retient à grand-peine une envie primaire d'étranglement.

– Qu'est-ce que tu fais là ?

– C'est Polycarpe qui m'a invitée. J'étais sur le point de partir.

– C'est hors de question, intervient Gilles.

– Il y a toujours une place pour les invités surprises, insiste Mathieu.

– Je suis flattée, mais je ne suis pas apprêtée pour l'événement. Ce sera pour l'année prochaine, si vous voulez bien.

– Vous avez sauvé mon oncle et votre oncle, par la même occasion. Nous vous devons bien cet écart aux convenances, d'autant que, contrairement aux apparences, nous ne sommes pas au vrai Bal des Débutantes.

La pique ironique d'Émérance de Cujas-Mestran est un coup de couteau supplémentaire dans le dos de Ludivine. Amel est coincée. Soit elle part et elle risque de passer pour malpolie, soit elle reste et elle s'attire les foudres de Ludivine. Ce dilemme lui rappelle Phèdre, qui sème le malheur partout où elle passe. Elle l'entend dire : «Tout m'afflige et me nuit, et conspire à me nuire.»

– Ludivine, dis à ta cousine de rester, s'il te plaît, insiste Émérance.

– Je crois qu'Amel a des choses à faire. Tu ne dois pas garder Martin, ce soir ?

– Oui, bien sûr, il faut que je me dépêche, ment Amel.

– J'ai croisé ta mère tout à l'heure, elle m'a dit qu'elle attendait la baby-sitter de Martin.

– Euh…

– Puisqu'il n'y a plus d'objections, tu peux rester, affirme Émérance, péremptoire.

Ludivine et Djibril lancent des regards noirs à Amel, très embêtée par la situation. Polycarpe, lui, est spectateur de la tragi-comédie. Pas besoin d'aller à la bibliothèque municipale, les pages d'une pièce de théâtre passionnante se tournent devant lui.

Vissée sur sa chaise, Ludivine n'a pas bougé un muscle. Elle reste les bras croisés comme une poupée de cire. Son attitude ne diffère pas tellement de celle des autres invitées, dont la mobilité est contrainte par leurs robes près du corps. On se croirait projeté dans la réplique grandeur nature d'un tableau du Louvre. Le moindre détail a été copié sur le Bal des Débutantes, Émérance de Cujas-Mestran n'a pas manqué une occasion de le faire remarquer. Les codes obéissent à un cérémonial qui échappe à Amel. Elle ne bat pas un cil et louche vers sa voisine pour savoir comment se comporter dans cette drôle de société. Les échanges, rares, se font en français, en anglais, en espagnol, en chinois. Celui qu'on entend le plus est un majordome qui, d'une voix pincée, rythme les temps forts de la soirée. Chacun est immortalisé par des photos officielles. Amel, en jean et baskets, se fait toute petite. Que penseront ceux qui verront cette photo ? Peut-être la prendront-ils pour une milliardaire qui s'autorise le luxe ultime d'être elle-même.

Les rares fois où Amel croise le regard de sa cousine, elle y lit de la rage. Pour se contenir, Ludivine serre très fort la main de Christian, qui grimace et essaie de faire passer la douleur avec un sourire. Quand le majordome annonce que le dîner va être servi, les momies enroulées dans leurs robes trop serrées tanguent vers la table. Caché derrière un des nombreux bouquets pour n'être visible que d'Amel, Polycarpe imite la démarche d'un zombie. Dès que tout le monde est attablé, le jeune homme au smoking trop grand apparaît pour servir des flûtes de champagne. Quand il arrive à la hauteur d'Amel, elle lui dit qu'elle prendra un coca à la place de la boisson alcoolisée. Ludivine sort de son mutisme pour murmurer sa colère à ses oreilles :

– Ça ne va pas, tu te crois au McDonald's ici ?

– Désolée, je ne bois pas.

– Tu prends le verre et tu fais semblant. Je le boirai à ta place !

– D'accord. Merci Polycarpe, je prendrai finalement du champagne, dit Amel en se tournant vers son meilleur ami.

– Ne dis pas merci et ne parle pas aux serveurs ! se fâche immédiatement Ludivine.

– Mais c'est Polycarpe !

– Peu importe qui c'est, on ne parle pas au petit personnel ici !

Il y a plus de « petit personnel » pour le service que de personnes attablées, mais c'est comme si la première catégorie n'existait pas. Amel doit se résoudre à ignorer Polycarpe. Elle se dit qu'à sa place sa mère deviendrait folle. C'est le contraire de l'idée de l'égalité qu'elle lui a enseignée. Quand les plats sont servis, Amel veut se rattraper. Elle lance à la volée un tonitruant :

– Bon appétit.

Elle se reçoit aussitôt un coup de pied de Ludivine sous la table qui lui glisse à l'oreille :

– Tu le fais exprès !

– Bah quoi, je suis polie…
– Au contraire, ça ne se fait pas !
– Mais chez moi, on…
– On n'est pas chez toi, d'accord ?

En temps normal, Amel aurait questionné le paradoxe de dénoncer une impolitesse en étant soi-même impolie, mais elle comprend qu'il lui faut faire profil bas. Elle ne dira pas un mot en attendant que cette horrible soirée passe. Son repas se résume à un long face-à-face avec son assiette à moitié vide – car, apparemment, ça ne se fait pas non plus de remplir les assiettes. Quand sa voisine de droite veut engager la conversation, elle tourne ostensiblement la tête dans l'autre sens. Ce moment de solitude se termine dès les premiers mouvements d'une musique d'un autre temps. Ludivine a besoin de tout le soutien de son père pour se lever. Déstabilisée, elle a du mal à entrer dans le rythme, mais Djibril est suffisamment à l'aise pour lui redonner confiance. Il a travaillé ses mouvements avec acharnement, comme ses dossiers, et son talent naturel fait le reste. Sa grâce, il la tient de ses parents, danseurs émérites, et il semblerait que Ludivine en ait aussi hérité. Le père et la fille sont de loin les meilleurs danseurs de la piste, et à la fin du premier morceau tout le monde se retourne sur eux pour les applaudir. Le deuxième morceau est un tango, pour honorer la princesse argentine Veronica Leon. Les regards qui convergeaient vers Son Altesse se détournent sur Ludivine et Djibril, qui enchantent à nouveau l'assistance par leur virtuosité. Ludivine savoure enfin la soirée, conforme à ce qu'elle en attendait : elle est au centre de l'attention.

Pour la troisième danse, on change de partenaire. Christian, qui a révisé pendant des semaines la valse, se présente devant Ludivine au meilleur de sa forme. Il n'excelle pas comme Djibril, mais il met en valeur sa cavalière. Aucun accroc jusqu'à ce que Ludivine remarque Émérance de Cujas-Mestran en train de s'approcher d'Amel. Distraite, elle perd le rythme, sautant un temps sur les trois prévus. À cause de la musique, elle ne peut pas entendre ce que sa cousine et l'organisatrice du Bal des Débutantes se disent. Au mépris de la chorégraphie minutieusement répétée, elle glisse vers les deux jeunes femmes qui rient à gorge déployée. Si on ne connaissait pas la réputation sans faille d'Émérance de Cujas-Mestran, on pourrait croire qu'elle manque à la retenue qu'impose la bienséance. Ludivine est abasourdie de voir Amel montrer son application de danse à la très distinguée Émérance, qui l'imite dans ses gigotements. Bientôt, plus personne ne s'intéresse à la piste et un attroupement se forme autour des deux jeunes femmes qui font leur âge, celui d'adolescentes insouciantes bien loin de la «haute société» qu'elles sont censées représenter. Ludivine lâche brusquement la main de Christian qui en perd presque l'équilibre. C'est la panique dans l'organisation : ce devrait être l'heure de la quatrième photo de groupe, au lieu de quoi les ados multiplient les selfies qu'elles envoient sur Instagram. Dépossédée de son heure de gloire, Ludivine se fraie un passage à coups d'épaule, le dernier étant réservé à sa cousine qu'elle remplace comme meneuse de revue. Elle danse avec des mouvements de plus en plus amples et, si elle y prêtait attention, elle s'inquiéterait du bruit des coutures de sa robe qui se défont petit à petit. Quand le photographe officiel appuie sur le bouton, il s'attend à immortaliser un instant iconoclaste, mais pas au point qu'un des modèles se retrouve face à l'objectif en sous-vêtements. La robe de Ludivine a volé en éclats, tout comme sa soirée.

JEUDI

Si l'expression «soupe à la grimace» devait être illustrée, une photo de la famille Massini au petit déjeuner ferait parfaitement l'affaire. Pas une parole ne couvre le bruit des couverts qui heurtent les bols et les assiettes. Un concert de tintements et de raclements accueille Martin, le dernier levé, qui saute comme d'habitude dans les bras de sa sœur Ludivine. D'un geste brusque, elle l'éloigne. L'enfant est désemparé. Il se dirige vers Amel, qui le prend sur ses genoux. Ce geste de tendresse fait exploser la colère sourde de Ludivine.

– Ça y est, j'ai l'appétit coupé ! tempête Ludivine.

– Qu'est-ce qui se passe ? demande innocemment Martin.

– Demande à ta... à ta..., bredouille Ludivine qui se lève de table

– Ce n'est pas de la faute d'Amel si ta robe s'est déchirée, intervient Marie, à qui Djibril a raconté la scène qui s'est déroulée quand elle jouait *Phèdre* à la Comédie-Française.

– Quoi, tu la défends ? s'indigne Djibril.

– Je ne défends personne d'autre que notre famille, si ce mot a toujours un sens... Il faut vraiment qu'on parle, Djibril. J'ai beaucoup pris sur moi et maintenant, trop c'est trop !

Marie se lève de table en invitant Djibril à le rejoindre dans leur chambre. Avant de la suivre, Djibril lance un regard assassin vers Amel. Martin le prend pour lui et, effrayé, il se blottit dans les bras de sa cousine.

Le pas hésitant, Djibril avance vers Marie. Il devine qu'elle va lui parler de sa famille, sujet qu'il avait réussi à évacuer jusqu'à l'arrivée d'Amel.

– Maintenant, tu veux bien m'expliquer ton problème, Djibril ?

– C'est simple, à cause de ma nièce, Ludivine s'est humiliée en public !

– Tu sais très bien que ce n'est pas la faute d'Amel. Tu règles tes comptes avec ta sœur à travers elle.

– Tu dis n'importe quoi, chérie.

– Une fois pour toutes, tu veux me dire ce qui s'est passé entre vous ?

– Rien ! Nous nous sommes juste éloignés…

– … le plus naturellement du monde. Tu m'as sorti cette phrase des dizaines de fois. Mot pour mot. Ça n'explique pas une rupture aussi brutale.

– En l'occurrence, si.

– Alors je devrais m'inquiéter pour moi. J'ai l'impression qu'on s'éloigne, nous aussi.

– Non, tu sais bien que non !

D'habitude, Djibril se sort de ce genre de conversation par une pirouette. Il fait diversion et la discussion dérive vers un autre sujet. Marie a mis le doigt sur un sujet sensible, qu'il a voulu fuir autant que ses secrets de famille : l'état de leur relation, de plus en plus froide. Marie enfonce le clou :

– Depuis quand n'es-tu pas venu me voir en représentation ?

– Je… je ne sais pas. Mais tu sais que j'ai…

– … beaucoup de travail. Ça aussi, tu me le répètes souvent. Mais t'es-tu déjà demandé pourquoi tu travaillais autant ?

– Pour vous, ma famille. Pour vous offrir le meilleur.

– Et tu penses que ça se résume au plan matériel ?

– Tu sais bien que je fais mon possible pour que vous ne manquiez de rien.

– Je te rappelle que tu étais enseignant-chercheur quand on s'est connus. Tu ne gagnais pas énormément d'argent et je ne manquais de rien.

– Et c'est toi qui payais le loyer. Tu trouves ça normal ?

– Oui ! Ne me dis pas que tu crois à ces schémas archaïques. Nous ne sommes plus au temps des cavernes, l'homme n'apporte pas la nourriture à la femme qui tient la maison !

– Tu caricatures et tu t'éloignes du sujet…

– Pas du tout, je suis en plein dedans. Tu te sers d'Amel pour taper sur ta sœur. Eh bien, je vais faire la même chose pour taper sur toi. Tu sais qui est la dernière personne à m'avoir offert des fleurs ?

– Je voulais justement le faire…

– C'est Amel !

– Avec l'argent que je lui ai donné.

– Le jour où tu comprendras que ce n'est pas qu'une question d'argent…

Marie quitte la chambre, laissant Djibril les bras ballants. Il voit le bouquet d'Amel au pied du lit. Il ne l'avait même pas remarqué. Le mot qui l'accompagne est tout simple : *Tata Marie, tu as été encore plus magnifique que ces roses.* Pourquoi n'y a-t-il pas pensé ? Et pourquoi Djibril ne se souvient plus de la dernière fois qu'il a dit à sa femme qu'il l'aimait ?

Ludivine a passé la matinée à ruminer dans sa chambre au lieu d'aller au lycée : comment va-t-elle oser sortir après l'affront de son rallye mondain ? Sur Instagram, sur Snapchat, sur TikTok, sur WhatsApp, les photos ont circulé dans son cercle d'amis. Ou plutôt de connaissances, elle n'a jamais vraiment tissé de liens à cause des nombreux déménagements décidés par son père à chacune de ses promotions. Dès lors qu'elle commence à se sentir chez elle, il faut partir. Elle réalise maintenant combien elle est seule. Elle en veut à la personne qu'elle juge à l'origine de son humiliation, sa cousine Amel. Si elle pouvait revenir en arrière, elle se roulerait par terre pour demander à ses parents qu'ils n'accueillent pas cette sorcière. Elle avait protesté du bout des lèvres en apprenant qu'elle viendrait. Si elle avait insisté, elle les aurait fait plier, comme toujours. À cause d'elle, rien ne va plus, ni entre ses parents, ni avec Martin, ni pour elle. Les larmes aux yeux, elle s'attarde sur la preuve tangible qu'hier a existé : sa robe déchirée. Elle ne veut plus la voir. Sa toute dernière sortie avant de vivre en recluse sera d'aller la rendre à Maximilien Defresne. Il va entendre parler d'elle, celui-là.

Au carrefour de l'avenue Matignon et de la rue du Faubourg-Saint-Honoré, Amel attend Polycarpe pour déjeuner. Elle n'a pas osé remettre les pieds chez BRM Consulting, afin d'éviter son oncle. Elle ne sait pas si elle y retournera dans l'après-midi ni si elle retournera dans l'appartement. Ce court séjour a été un désastre de bout en bout. Habituée au luxe qui est devenu son environnement quotidien, Amel ne lève même plus les yeux sur les magasins. Tout juste a-t-elle regardé par curiosité à travers les grilles du Palais de l'Élysée, où réside le président de la République. « Il est interdit de rester trop longtemps devant pour des raisons de sécurité », l'ont prévenu les policiers en faction. L'un d'eux lui a quand même laissé le temps de faire un selfie. Elle l'envoie à sa mère qui ne répondra pas, car son travail l'occupe beaucoup. Elle s'apprête à l'envoyer à Polycarpe avec la légende : Devine qui est la nouvelle présidente de la République ??? quand une main vient se poser sur son épaule.

Des lunettes de soleil, des vêtements amples, une capuche qui couvre son visage, il ne manque plus qu'un masque pour dissimuler un peu plus le visage de Ludivine. Elle traverse au pas de charge les quelques centaines de mètres jusqu'au magasin de l'avenue Montaigne. Plus vite la course sera faite, plus vite elle pourra s'enfermer. Elle essaie de joindre Christian qui ne lui répond pas. Depuis hier, il n'a pas laissé un message ou un texto de réconfort. Peut-être est-il encore chez SOS Humanité en danger. Une part d'elle-même lui en veut, mais une autre reconnaît la générosité de son engagement pour les droits de l'homme. Elle a vu tellement de situations de détresse depuis qu'elle est devenue bénévole. Au départ, c'était une simple façon d'enrichir son CV, puis elle a tissé des liens avec des personnes. Elle repense à Amena, étudiante en médecine syrienne, seule survivante d'une famille qui a fui la guerre. Quand son père est mort dans un bombardement à Alep, sa mère a décidé qu'elle ne s'en remettrait plus au hasard de la trajectoire d'un missile. Elle est partie avec sa fille à Bodrum, en Turquie, où les deux femmes ont vécu un an dans un camp de réfugiés. Comme les aides humanitaires diminuaient, les conditions de vie se sont détériorées. Amena et sa mère ont été contraintes à l'exil une deuxième fois. La traversée jusqu'à Kos, en Grèce, dans un bateau bondé, a été fatale à sa mère. Amena est seule à Paris, sans ressources ni connaissance de la langue. Elle arrive à se faire comprendre en anglais et avec quelques gestes de la main. À son contact Ludivine se sent utile, et Amena l'aide à voir le monde autrement. Alors qu'elle parvient peu à peu à relativiser l'incident de la veille, un choc ramène Ludivine à la réalité.

La main qui avait saisi Amel par l'épaule n'était pas celle de Polycarpe, comme elle s'y attendait, même si son meilleur ami est peu coutumier de ce genre de familiarités. Christian, le cavalier de Ludivine lors de son rallye, est planté devant elle, sans un mot.

Amel ne sait pas quoi lui dire. Au bout de quelques secondes d'un silence embarrassant, elle se décide à entamer la conversation par une banalité :

– C'est un drôle de hasard, Christian.

– Ça n'en est pas un. Je t'ai suivie quand tu es sortie de chez Ludivine.

Amel esquisse un mouvement de recul. Suivre les gens dans la rue, c'est suspect. Elle essaie de se rassurer en plaisantant :

– Tu ne serais pas un *serial killer*, Christian ?

– Bien sûr que non. C'est juste que je n'arrête pas de penser à toi depuis que je t'ai vue.

– Je te rappelle que tu es le mec de Ludivine.

– Ce n'est pas de ma faute si tu es extra.

– C'est quoi ce délire ? Primo, tu ne m'intéresses pas et deuxio, Ludivine est ma cousine.

– Et alors ? Je suis sûr que si vous n'aviez pas de lien de parenté, tu ne dirais pas ça.

– Et je suis sûre que si tu étais moins débile tu saurais que ce que tu racontes est déplacé. Je n'ai rien à voir avec toi et je veux que ça continue comme ça, d'accord ?

– Mais tu ne comprends pas…

– Je parle très bien français et il ne me semble pas que tu aies employé le moindre mot compliqué, merci.

– Tu as un côté énervée excitant, Amel.

– Oh, tu arrêtes avec tes conneries ! Si tu continues, je préviens Ludivine et…

– Elle ne te croira pas. Elle te déteste autant que je t'aime.

Christian prend par surprise la main d'Amel. Dégoûtée, elle essaie de se défaire de sa poigne, mais il insiste. Elle ne parvient à se dégager qu'après avoir croisé le regard de Ludivine, décomposée, qui passait par là. Amel n'a pas le temps de lui expliquer la situation que sa cousine détale en sens inverse.

Amel est toujours sous le choc de sa rencontre avec Christian quand Polycarpe arrive. Il lui propose de l'inviter au restaurant, mais Amel n'a pas faim. Elle préfère se promener dans un square près du rond-point des Champs-Élysées. Le jeune garçon sait alors que quelque chose s'est produit : Amel qui ne mange pas, ce n'est pas normal. Il se moque un peu d'elle, avec une assurance inédite. Il cesse son petit jeu en voyant la réaction d'Amel. Elle raconte à son meilleur ami la drôle de scène avec sa cousine Ludivine qui l'a surprise pendant que son petit ami la tenait par la main.

– Déjà que depuis hier elle me déteste, j'imagine pas ce que ça doit être maintenant...

– Ce n'est pas ta faute, Amel.

– Tonton Lounès m'a parlé de ces mauvais hasards du destin.

– Qui ?

– La première affaire défendue par maman au tribunal d'Évry, dans l'Essonne. Je t'en ai souvent parlé, tu t'en souviens ?

– Le nom me dit quelque chose. On parle de tellement de sujets, je ne me rappelle pas tout...

– Tonton Lounès avait dix-huit ans à l'époque et il allait au lycée comme tous les autres jours. En manquant son bus le matin, il était arrivé en retard en classe et il avait été renvoyé. Puis en allant voir des potes de son quartier, il s'était retrouvé pris dans une opération de police et accusé de trafic de drogue. Juste parce qu'il passait par là...

– Il a pas eu de chance, ton tonton ! Heureusement, ton cas est beaucoup moins grave.

– Oui, tu as raison, il faut dédramatiser. Et tonton Lounès dit que si cette histoire ne lui était pas arrivée il serait peut-être devenu un voyou du quartier. Il en prenait le chemin, en tout cas. Pour lui, ça a été un mal pour un bien.

Polycarpe pense au braquage de la supérette. Qu'est-ce qui peut bien se passer dans la vie de Mahmadou pour qu'il s'embarque dans un mauvais coup pareil ? Est-ce que c'était son premier ? Comment pourrait-il l'aider à en sortir ? Amel le tire de sa réflexion :

– Tu as l'air songeur, Pol'.

– Il y a une chose que je ne t'ai pas dite à propos du braquage d'hier.

– Laquelle ?

– Tu me jures que ça restera entre nous ?

– Tu doutes de moi, mon petit Pol' ?

– Pas une seconde. Je crois que j'ai reconnu Mahmadou parmi les braqueurs.

– Quel Mahmadou ?

– Le phèdre de Phèdre.

– Non, c'est pas possible ! Tu en es sûr ?

– À 99 %.

Le 1 % qui reste relève du doute raisonnable que Polycarpe applique en bon scientifique. Mais s'il devait mettre sa main au feu, il parierait que c'était bien Mahmadou. Cette histoire le travaille pour elle-même et parce qu'elle le renvoie à ses propres secrets dont il aimerait parler à Amel. Plusieurs fois, il a failli craquer, puis il s'est rappelé la promesse faite à ses parents de ne jamais les révéler à personne. En se taisant, il a l'impression de trahir Amel, qu'il considère aussi comme sa famille. Il veut tout confesser quand le téléphone d'Amel se met à sonner. C'est sa mère. Elle est venue lui rendre une visite surprise chez BRM Consulting. Elle l'attend devant les locaux. Au moment de le quitter, Amel devine un voile de tristesse dans le regard de Polycarpe.

– Tu es sûr que ça va, Pol'?

– Oui, t'inquiète. Salue ta mère de ma part.

– Tu sais bien que je te connais comme si je t'avais fait. Qu'est-ce qui se passe ?

– On en parlera plus tard, si tu veux bien.

– Je saurai te tirer les vers du nez, s'il faut.

C'est toujours comme ça avec Polycarpe : au début, il hésite et puis il dit tout. Ce qu'Amel ignore, c'est que les problèmes vont le rattraper beaucoup plus vite que prévu.

Sans ce parfum, sa mère ne serait pas sa mère. Il accompagne chacune de leurs étreintes et les rend uniques : Amel fait durer cet instant où elle s'abandonne dans ses bras jusqu'à s'enivrer de son odeur. Me Salwa Massini est venue au Palais de Justice plaider la cause de plusieurs sans-papiers menacés d'expulsion dans leur pays d'origine. Il est 18 heures, elle doit repartir à Calais dans une demi-heure, mais elle tenait à voir sa fille. À l'accueil de BRM Consulting, on lui a dit qu'Amel n'était pas venue de la journée, sans fournir de raison. Salwa s'interroge :

– Tout va bien, Amel ?

– Ça va, t'inquiète.

– Tu dis toujours ça, même quand ça ne va pas, c'est bien ce qui m'inquiète.

Salwa a raison, Amel n'aime pas raconter ses soucis à sa mère. Ils lui paraissent dérisoires par rapport aux causes que sa mère défend tous les jours. Si elle se plaignait, elle aurait l'impression de n'être qu'une enfant gâtée. Elle l'a été jusqu'à ce qu'elle comprenne à quel point son travail était important, quand tonton Lounès a été libéré de prison. Elle n'a plus pleuré pour que sa mère vienne la border tous les soirs. Et pourtant, elle aime sa présence, sa chaleur et ce parfum unique. Elle ne lui a jamais dit qu'elle était parfois jalouse du temps qu'elle consacrait à ces inconnus, car ce serait injuste.

– Djibril te pose des problèmes ?

– Disons que nous ne sommes pas sur la même longueur d'onde. Mais toi et moi ne le sommes pas toujours non plus !

Amel est de mauvaise foi. Le malaise avec son oncle est bien plus profond. En évacuant la réalité, elle réagit comme sa mère, qui n'a jamais voulu lui raconter ce qui s'était passé avec son frère. Elle s'apprête à poser à nouveau la question restée sans réponse des dizaines de fois en proposant une monnaie d'échange :

– Maman, je te dis ce qui s'est passé avec tonton Djibril si tu me racontes enfin la raison de votre brouille.

– Notre brouille ? Quelle brouille ?

– Tu le sais très bien. Pourquoi vous ne vous parlez plus depuis des années ?

– On s'envoie des cartes tous les ans.

– Et c'est tout. Je ne suis pas bête, maman, et j'ai un peu de mémoire. Je me souviens qu'on allait voir la famille toutes les semaines et puis soudainement, plus du tout.

– Ce sont des choses qui arrivent, tu comprendras quand tu seras adulte.

– Comment veux-tu que je devienne adulte si tu me considères toujours comme une enfant ? Tu me dis toujours de grandir et tu refuses de me responsabiliser en te confiant à moi.

Salwa est bousculée. Il y a quelques années, les manœuvres dilatoires, comme on dit dans les tribunaux, marchaient encore avec Amel. Depuis quelque temps, ses opinions s'affirment, ses arguments deviennent plus pertinents, elle conteste intelligemment. Elle a élevé sa fille pour qu'elle devienne une femme consciente de son environnement. Quand Amel applique ses enseignements, elle refuserait de lui répondre ? Ça n'aurait pas de sens. Amel est capable de comprendre.

– Tu as raison, Amel, je vais t'expliquer.

– Vraiment ?

– Vraiment. Mais promets-moi de ne pas être trop dure avec Djibril.

– Tu m'as toujours appris à ne pas s'engager sans savoir de quoi il retournait. Je ne peux pas préjuger de mes opinions et tu ne peux pas les contraindre.

Salwa fixe Amel : ce n'est plus à une petite fille qu'elle parle, c'est à une jeune femme.

– Ça s'est passé à la mort de mes parents, tes grands-parents. Tu te souviens d'eux ?

– À peine. S'il n'y avait pas leurs portraits dans le salon, je crois que je les aurais oubliés.

– C'est pour cette raison qu'ils sont accrochés. Tu sais de quoi ils sont morts ?

– On en a parlé une fois, tu m'avais parlé d'un accident de voiture.

– Oui, c'est ça. Ils ont été fauchés par un chauffard en traversant la rue pour aller au marché. Le conducteur est parti comme un lâche, sans assumer les conséquences de son acte. Je faisais déjà du droit. Je voulais être juriste d'entreprise, j'ai choisi de devenir avocate.

– Tout ça, tu me l'as déjà dit. Quel est le lien avec Djibril ?

Salwa tourne autour du pot. Elle ne sait pas comment raconter cet épisode qu'elle a déjà rejoué cent fois dans sa tête.

– Voilà Amel, le jour de l'enterrement de nos parents, Djibril n'est pas venu.

– Ah bon ? Pourquoi ?

– Il avait du travail.

– Du travail ?

– C'est ce qu'il a dit.

– Quel genre de travail ?

– Un entretien pour devenir enseignant-chercheur.

– Il ne pouvait pas le remettre à plus tard ?

– Je ne sais même pas s'il a essayé.

– Vous n'en avez pas parlé ?

– Je ne savais pas quoi lui dire. J'étais désemparée.

– Pourquoi ?

– Je l'ai toujours encouragé à travailler. Nos parents nous ont toujours dit que c'était la priorité. Mais j'aurais eu tellement besoin de lui à ce moment-là…

En verbalisant pour la première fois cette histoire, elle comprend qu'elle s'en veut autant à elle-même qu'à son frère, pour son orgueil mal placé qui l'a empêchée de lui demander de l'aide. C'est elle, l'aînée : c'était son rôle de prendre sur elle. C'est le même trait de caractère qui, lorsqu'elle était enfant, l'avait poussée à supporter la douleur de la clé de bras jusqu'à ce qu'il se casse. C'est trop bête d'être incapable de dire que l'on souffre, de prétendre le cacher et d'en vouloir à ceux qui ne le remarquent pas. Salwa se met à sangloter. C'est la première fois qu'Amel la voit dans cet état. Elle se félicite d'avoir refusé de promettre qu'elle n'en voudrait pas à Djibril. Celui qui fait pleurer sa mère sera toujours son ennemi. C'est décidé, elle va quitter pour de bon BRM Consulting et l'appartement du VIIIe arrondissement.

En pénétrant dans l'appartement, Djibril est la première personne qu'Amel croise. Pas de chance, elle pensait qu'il serait au travail. Elle aurait souhaité s'éviter le désagrément d'un dernier face-à-face. Elle passe devant lui en silence quand il l'interpelle :

– Amel, tu n'as pas répondu à mes coups de fil.

– Désolée, je n'ai rien entendu. Je suis juste venue pour récupérer ma valise. Tu seras débarrassée de moi.

Au lieu de répliquer, Djibril, préoccupé, enchaîne :

– Tu n'aurais pas vu Ludivine ?

– Pas vraiment.

– Qu'est-ce que ça veut dire ?

– Je l'ai croisée tout à l'heure dans la rue, c'est tout.

– Où allait-elle ?

– Je crois qu'elle allait rendre sa robe avenue Montaigne, puis elle a fait demi-tour.

– J'ai appelé le magasin, elle n'y est pas allée. Tu sais pourquoi ?

– Et toi, pourquoi tu me poses ces questions ?

Si Amel n'était pas aveuglée par le ressentiment contre son oncle, elle verrait le trouble dans son attitude. Au lieu de quoi elle est exaspérée par cette batterie de questions, dont elle ne comprend pas le sens. Ludivine est sortie : et alors ? Est-ce qu'il ne la laisse pas se balader avec son Christian à n'importe quelle heure de la journée ?

– Ludivine ne répond plus au téléphone. Elle devrait être en cours, elle a disparu, reprend Djibril.

– Ça ne fait que quelques heures. C'est une grande fille. Tu lui as permis de sécher les cours pendant trois jours pour préparer ce rallye, un jour de plus ou un jour de moins…

– Après ce qui s'est passé hier, on est en droit de s'inquiéter. Quand tu l'as vue, elle avait l'air bien ?

– Elle m'a snobée. Ce n'est pas vraiment étonnant vu ce qui s'est passé hier…

Le ton léger d'Amel est en décalage avec la gravité de celui de Djibril. La seule qualité qu'elle lui reconnaissait, c'était son côté cool avec sa fille et voilà qu'il mène une enquête digne des *Experts* après une poignée d'heures sans nouvelles. Même ses parents, stressés de nature, n'en feraient pas autant.

Djibril s'agace qu'Amel ne le prenne pas au sérieux, il lui explique :

– Je crois que tu ne comprends pas, Amel. Des photos de Ludivine ont circulé sur les réseaux sociaux, et tu devines lesquelles.

– Peut-être qu'elle ne les a pas vues.

– Elle a laissé son ordinateur allumé sur son compte Instagram. Il n'y avait que ça.

– Elle s'en remettra, ne t'inquiète pas.

– Tu le prends par-dessus la jambe ?

– J'ai autre chose à faire.

– Pardon ? Ludivine est ta cousine.

– Tu veux me donner des leçons sur la famille, tonton Djibril ?

– Qu'est-ce que tu essaies de me dire ?

– Rien de spécial. Demande à ta conscience.

Le double discours de son oncle, qui fait l'éloge de la famille quand il s'agit de sa fille mais qui se détourne de sa sœur et de ses parents, c'est trop d'hypocrisie pour Amel. Derrière la façade respectable de Gabriel Massini se cache un Djibril vil et dissimulateur. L'allusion évidente à son absence lors de l'enterrement de ses parents met ce dernier hors de lui.

– Je t'interdis de me parler sur ce ton !

– Tu me reproches d'adopter ce ton ou de dire la vérité ?

– La vérité ? Quelle vérité ?

– D'accord, plus d'insinuations. Tu veux que l'on parle de l'enterrement de papy et de mamie ?

Pris au dépourvu, Djibril bredouille. Il connaît l'identité de la seule personne qui a pu révéler ce secret à Amel, laquelle ne se donne pas la peine d'en rajouter. Elle a pris sa valise et, dans ses yeux, il y a la même flamme que dans ceux de sa mère, le jour où elle a vu pour la dernière fois son frère.

Amel ne sait pas où elle va. Ça fait de longues minutes qu'elle laisse passer métro après métro sur le quai de la station Champs-Élysées-Clémenceau. Un numéro inconnu s'affiche sur l'écran de son téléphone. Elle hésite à répondre. C'est peut-être Djibril, mais c'est peut-être aussi sa mère. Quand la batterie de son portable est déchargée, elle utilise parfois le premier téléphone à sa disposition. Elle a peut-être besoin de soutien, elle qui pleurait, il y a une demi-heure. Amel lui demandait de se confier à elle, de la traiter en adulte et elle l'ignorerait dans un moment crucial ? Elle décroche sans parler en se jurant de raccrocher si elle reconnaît la voix de son oncle.

– Allô… Allô…

La voix au bout du fil est métallique. La mauvaise qualité du réseau et le bruit du métro empêchent Amel de comprendre la personne qui lui parle. Ça pourrait être son propre écho, elle ne le reconnaîtrait pas. Elle déambule de long en large sur le quai pour trouver un endroit où elle serait susceptible de mieux entendre. Elle le trouve à deux mètres d'un banc, sans pouvoir s'y asseoir. La voix d'un homme au débit infiniment lent se fait entendre :

– Mme Bamedia-Massini ?

– Mademoiselle.

– Amel Bamedia-Massini, c'est bien ça ?

– Oui, qu'est-ce que je peux faire pour vous ?

– C'est le commissariat de police du VIIIe arrondissement, je vous appelle à propos de…

– Ne me dites pas que mon oncle vous a alerté ?

Amel ne pensait pas que Djibril pourrait tomber plus bas dans son estime : c'est fait. Le policier dont le débit se rapproche de la mélodie d'une berceuse reprend :

– Je souhaite vous parler de ce qui s'est passé à l'hôtel Peninsula.

– J'étais sûr qu'il s'agissait bien de mon oncle ! Ce n'était pas ma faute et je n'ai rien à voir avec la disparition de Ludivine. Ça fait seulement quoi ? Sept ou huit heures qu'elle a disparu. Ce n'est pas un drame. Allez plutôt voir du côté de Christian Lemonieux, je suis sûre qu'ils sont en train de fricoter ensemble !

– Qu'est-ce que vous racontez ?

Le temps que le policier finisse une phrase, mille pensées ont le temps de fuser dans l'esprit d'Amel. L'un d'elles la terrorise :

– Ne me dites pas qu'il est vraiment arrivé quelque chose à Ludivine…

Face à l'afflux de questions sans rapport avec l'objet de son appel, le policier est repris d'un doute :

– Excusez-moi, vous êtes bien Amel Bamedia-Massini ?

– Oui, je vous l'ai déjà dit.

– Vous connaissez Polycarpe Diallo ?

– Oui. Pourquoi vous me parlez de Pol' ?

Soudain, l'inquiétude regagne Amel. Elle se souvient que

Mahmadou l'avait reconnu lors du braquage. À nouveau, les pires scénarios se bousculent dans sa tête, surtout quand le policier reprend :

– Polycarpe Diallo est au poste de police.

– Mahmadou l'a agressé, c'est ça ? C'est grave ?

– Je ne comprends pas ce que vous dites. Si vous vouliez bien me laisser finir.

– Oui, bien sûr.

– Monsieur Polycarpe, Diallo n'a pas ses papiers, il a demandé qu'on vous contacte à ce sujet.

– Ah, d'accord. Ce n'est que ça ! Je croyais que c'était à cause du…

Amel s'interrompt avant de parler du braquage. Le soulagement a fait baisser son seuil de vigilance. Si ce n'est qu'une histoire de papiers à déposer au commissariat, tout sera réglé très vite en contactant les parents de Polycarpe. Elle ignore que le policier qui vient de l'appeler est Sébastien Dubois, l'homme qui va faire basculer cette histoire.

Amel essaie désespérément de joindre les parents de Polycarpe. Ses appels sonnent dans le vide et le répondeur ne se déclenche jamais. Elle fait les cent pas dans la station de métro, remplie de doutes : doit-elle aller voir son meilleur ami au commissariat ou aller parler à ses parents à Saint-Denis ? Elle aimerait demander conseil à sa mère, mais elle aussi est injoignable. Elle procède de la façon méthodique de Me Salwa Massini quand elle se lance dans une nouvelle affaire.

Hypothèse 1 : si elle va au commissariat sans les papiers, elle ne pourra pas faire sortir Polycarpe.

Hypothèse 2 : si elle va voir ses parents, elle n'en saura pas plus sur la situation.

Questions subsidiaires :

1 : Pourquoi Polycarpe est au commissariat pour une histoire de papiers oubliés ?

2 : Pourquoi il a donné son contact et pas celui de ses parents ?

Il devient évident qu'Amel n'obtiendra des réponses que de Polycarpe. C'est lui qui est au centre de tout. Elle se dirige vers le commissariat sous une pluie cinglante qui rend le froid plus vif. Un nouvel appel interrompt sa marche frénétique. Encore un numéro inconnu qui s'affiche sur son écran. Cette fois, elle répond sans hésiter. Tant pis si c'est Djibril, elle préfère prendre le risque de lui parler plutôt que de manquer un coup de fil de la police. Pour éviter que l'agent perde du temps en lui redemandant son identité, elle se présente directement :

– Amel Bamedia-Massini.

– Amel, je voulais te parler.

Amel ne reconnaît pas cette voix, celle d'un adolescent. Puisque la personne la tutoie, elle doit la connaître. En attendant d'en savoir plus, elle décide de répondre par une pirouette :

– Ça tombe bien que tu veuilles me parler parce que c'est mon numéro. À qui ai-je l'honneur ?

– F'est Mahmadou.

– Mahmadou ?

Si Amel pose la question, c'est parce qu'elle est surprise, pas pour savoir de qui il s'agit : le zézaiement de Mahmadou Bagayoko est reconnaissable entre mille. Amel s'attendait à tout sauf à ce qu'il l'appelle.

– Oui, f'est Mahmadou Bagayoko. Est-fe que tu faurais où est Polycarpe ?

– Polycarpe ?

– F'est pas comme fi tu en connaiffais mille. J'aimerais lui parler. Tu fais où il est ?

– Je vais le chercher au commissariat... Enfin, je...

Amel vient de commettre une bourde et, lorsqu'elle veut se rattraper, le « bip » du téléphone l'interrompt. Elle regarde l'état du réseau : il est médiocre. C'est peut-être la raison de la coupure, ou peut-être que Mahmadou lui a raccroché au nez. Amel s'en veut. Qu'est-ce qu'il lui a pris de parler du commissariat ? Maintenant, Mahmadou pourrait croire que Polycarpe veut le dénoncer. Elle a mis son meilleur ami dans de beaux draps. Elle n'a pas le temps de s'épancher qu'elle arrive déjà au commissariat du VIIIe arrondissement. Elle se précipite à l'accueil où elle reconnaît le débit traînant de son interlocuteur au téléphone.

– Bonjour, je viens chercher Polycarpe Diallo.

– Vous avez apporté ses papiers ?

– Euh... pas encore, je n'ai pas pu parler à ses parents. Je peux voir Polycarpe ?

– Normalement, je ne devrais pas vous laisser, mais je vais fermer les yeux. Votre ami n'a pas l'air très bien.

Amel se précipite vers la salle indiquée par le policier. Il a l'air presque aussi inquiet qu'elle à propos de Polycarpe. Elle comprend pourquoi en le voyant : elle n'a jamais vu cet air absent chez son meilleur ami. L'intelligence qui fait briller ses yeux s'est éteinte, à la place on lit une profonde détresse. Quand il croise le regard d'Amel, il oscille entre la joie et la honte : il est heureux de la voir, mais il préférerait que ce soit dans un lieu plus respectable. Amel, elle, n'a pas la même retenue et c'est sans la moindre hésitation qu'elle le prend dans ses bras :

– Pol', ça va ?

– T'inquiète, ça va aller.

– Ne me dis pas : T'inquiète. Ça ne me rassure pas.

Amel adresse à Polycarpe le même reproche que sa mère

à propos de son usage de l'expression «t'inquiète». Elle comprend mieux pourquoi ça l'énerve. Comment pourrait-elle être détendue en de telles circonstances ?

– Qu'est-ce qui se passe ? Pourquoi tu es là ? Ç'a un rapport avec Mahmadou ?

– Hein ? Mahmadou ? Non, rien à voir. Ce sont mes papiers.

– Oui, l'agent qui parle lentement me l'a déjà dit. Ils sont où, tes papiers ?

– Je ne les ai pas.

– Ça, je l'ai bien compris, mais où je peux les récupérer ? Je n'arrive pas à joindre tes parents.

Les questions se bousculent dans la tête d'Amel et elles jaillissent en désordre. Il y a eu tellement de bouleversements ces dernières heures qu'Amel ne sait plus par quoi commencer.

– Le problème, c'est que je n'ai pas de papiers.

– Quoi ? Tu les as perdus ?

– Tu ne comprends pas, Amel. J'en ai jamais eu.

– Bah, c'est normal. On n'est pas obligé d'en avoir quand on est mineur.

– Ce n'est pas ça. Mes parents sont arrivés clandestinement en France et nous sommes sans papiers.

– Quoi, depuis toutes ses années ? Nos familles se connaissent depuis toujours, on le saurait quand même !

– Il y a des choses qu'on préfère garder pour nous. J'ai failli te le dire des centaines de fois mais j'avais fait la promesse à mes parents.

Amel est un peu vexée que Polycarpe ne lui ait jamais parlé de sa situation et elle trouve ça dommage vu la profession de sa mère. Mais elle ne veut pas en faire une question d'ego. Pour elle, le plus important, c'est d'aider Polycarpe.

– Comment ton arrestation s'est passée ? Ce n'est pas écrit sur ton front que tu n'as pas de papiers.

– C'est à cause de l'extra d'hier. C'était au noir. La police enquêtait depuis un moment sur les pratiques illégales de Mathieu de Cujas-Mestran et ils ont décidé d'intervenir ce matin. Douze autres personnes travaillent clandestinement pour le syndicat des commerçants du VIIIe arrondissement et il y en a eu beaucoup plus d'après les suivis comptables. La police parle d'une filière.

– Mathieu a aussi été arrêté ?

– Oui, mais il a déjà été relâché. Ses avocats sont immédiatement intervenus. Les travailleurs clandestins sont toujours au poste, eux.

– Je n'arrive pas à croire ce qui t'arrive. Comment je peux prévenir tes parents ?

– Ne fais surtout pas ça ! Il faut que je t'avoue quelque chose d'autre... Ceux que tu penses être mes parents sont mon oncle et ma tante, ils n'ont pas de papiers. C'est ça, le plus gros problème. Si tu les préviens, ils viendront et ils seront menacés d'expulsion et s'ils sont expulsés, je le serai aussi.

– Mais tes vrais parents, ils sont où ?

– En Côte d'Ivoire. Mon oncle et ma tante n'avaient pas d'enfants et, comme mes parents en avaient plusieurs, ils ont décidé que je resterais avec eux en France.

– Comme ça ? Sans que tu sois consulté ?

– Je sais que ça peut paraître bizarre en France, mais ce sont des choses qui se font chez nous. Tu sais, j'aime beaucoup mon oncle et ma tante. Je les appelle mes parents, car je les considère vraiment comme une seconde mère et un second père.

Amel est stupéfaite. C'est comme si un secret en cachait mille autres dans la vie de Polycarpe. Elle qui pensait que sa mère et son oncle dissimulaient trop de choses… Ça n'a pas dû être facile pour Polycarpe, qui a dû mentir et se cacher de la police pendant tout ce temps. Amel comprend pourquoi son meilleur ami ne va jamais ailleurs qu'au collège, à la bibliothèque et chez lui. Il a fallu des circonstances exceptionnelles pour qu'il sorte de son propre triangle d'or et une malchance extraordinaire pour qu'il se fasse prendre. Comme un puzzle qui se reconstitue pièce par pièce, elle comprend la raison de sa fuite après le braquage de la supérette :

– Hier, tu es parti parce que tu avais peur de la police, pas parce que tu étais choqué.

– Oui, c'est ça. Je dois toujours faire attention…

La porte de la salle s'ouvre sur un policier en uniforme qui escorte quatre personnes menottées. Il demande à Polycarpe et à Amel ce qu'ils font là et ils lui répondent que c'est pour une histoire de papiers oubliés. Le policier s'énerve :

– On ne fait pas garderie ici, j'ai une affaire importante à traiter. Vous pouvez partir.

– Vraiment ? s'étonne Polycarpe.

– Est-ce que j'ai l'air de plaisanter ?

S'il le pouvait, Polycarpe bondirait de sa chaise, mais ses

muscles sont ankylosés après la station assise prolongée. S'il avait été un peu plus rapide, peut-être que le cadet de la République Sébastien Dubois n'aurait pas eu le temps d'entrer pour partager le fruit de ses recherches à son supérieur hiérarchique, le commissaire Carrubert. Il n'imagine pas les conséquences de ses propos quand il déclare, avec la satisfaction du bon élève qui récite sa leçon :

– Je le savais, chef. Le prénom Polycarpe n'a pas été donné à l'état civil en France depuis 1946.

Le commissaire Carrubert préférerait être sourd plutôt que d'entendre les propos de son subordonné, Sébastien Dubois. Désormais, il ne peut pas faire comme s'il ignorait que Polycarpe n'était pas né en France et comme s'il ne s'agissait que d'une simple histoire de papiers oubliés. Sébastien, lui, aurait voulu être amnésique. Il regrette de s'être souvenu du prénom Polycarpe sur lequel il avait fait un bref exposé pour le Cercle des amateurs de prénoms inusités.

Si l'absurde devait se définir en une situation, ce serait celle-ci : tout le monde souhaiterait que Polycarpe soit libéré, mais chacun doit respecter la loi. Tous savent que Polycarpe n'a rien d'un délinquant. Quelle faute a commis le petit génie de treize ans, à part une faute de goût lorsqu'il a accepté de porter un smoking trop grand ? Le devoir contraint les policiers à garder Polycarpe au poste alors qu'ils ont des affaires bien plus urgentes à traiter.

Si elle avait pu, Amel serait restée avec Polycarpe. Dès qu'elle quitte le commissariat, elle tente de joindre sa mère, qui ne répond toujours pas. Elle cogite. Aller voir l'oncle et la tante de Polycarpe, c'est prendre le risque qu'ils aillent se livrer à la police. Rentrer à Saint-Denis, ce serait abandonner Polycarpe et jamais de la vie elle ne ferait ça. Solliciter l'aide de Djibril la contraindrait à ravaler sa fierté, ce qu'elle serait prête à faire si elle ne le savait pas à la recherche de Ludivine. Toutes les solutions mènent à une impasse. En pensant à Ludivine, une idée germe en elle : et si l'association pour laquelle elle est bénévole pouvait l'aider ? Les locaux de SOS Humanité en danger sont à deux pas, il serait encore temps de réfléchir à d'autres pistes s'il n'y avait personne.

Il fait nuit noire et la pluie continue de tomber. On dirait la scène d'un film où les éléments se déchaînent contre le personnage principal. Amel traîne sa mauvaise humeur et sa valise jusqu'au siège de l'association. Sur Internet, il n'était pas indiqué qu'elle était au huitième étage d'un immeuble dont l'ascenseur est en panne. Après une journée à courir dans tous les sens et sans manger ou presque, elle a l'impression de gravir le Mont-Blanc. Elle arrive au sommet à bout de souffle et dégoulinante de sueur. À sa grande surprise, elle reconnaît celle qui ouvre la porte : Ludivine ! Qui la referme aussitôt au nez d'Amel, qu'un réflexe sauve de justesse de l'accident. Reprenant son souffle, elle trouve juste assez de voix pour demander :

– Ludivine, ouvre-moi, s'il te plaît !

– ...

– Ludivine, c'est sérieux. C'est à propos de mon ami Polycarpe, il est au commissariat de police. Il n'a pas de papiers. Est-ce qu'un membre de l'association peut m'aider ?

– ...

Ludivine fait la sourde oreille. Chez elle, tout obéit à une logique d'image, comme pour le rallye mondain qu'elle a organisé sous prétexte de soutenir une association d'aide aux réfugiés. Amel essaie de la raisonner avec l'énergie du désespoir :

– Ludivine, je te le demande une dernière fois, ouvre-moi.

Aucune réponse. Amel ne peut pas se permettre de passer la soirée devant une porte close. La perspective d'avoir à dévaler huit étages avec sa valise n'est rien comparée à son immense déception quant à la nature humaine.

Tiraillée, Ludivine est collée contre la porte. Elle a entendu Amel. À n'importe qui d'autre, elle aurait ouvert sans hésiter. Mais cette fille est celle par qui tous ses malheurs sont arrivés. Des photos d'elle en sous-vêtements circulent sur les réseaux sociaux. Comment pourra-t-elle affronter les regards après ça? Elle ne savait pas où aller, alors elle s'est rendue là où elle pouvait encore être utile, avec ceux qui souffrent plus qu'elle. Amena, la réfugiée syrienne qui a perdu toute sa famille, l'interroge du regard. Elle a peur que la police ne veuille la renvoyer dans son pays d'origine. Elle doit vivre avec cette épée de Damoclès tous les jours. C'est arrivé à certains de ses compagnons d'infortune, qui sont retournés à la guerre civile qu'ils avaient fuie. Ludivine baragouine quelques mots en anglais pour rassurer Amena. Elle lui explique que c'est une affaire de famille, que ça n'a rien à voir avec elle. Au mot « famille », Amena réagit :

– Pourquoi tu n'ouvres pas à quelqu'un de ta famille ?

– C'est une longue histoire... Nous avons eu des problèmes avec ma cousine...

– Est-ce que je t'ai parlé d'un de mes plus gros regrets, Ludivine ?

– Tu m'as parlé de la guerre...

– Ce n'est pas ça. C'était avant, mon père était encore vivant. La veille de sa mort, nous nous sommes disputés, et tu sais quoi ? Je ne me souviens même pas pourquoi. J'ai beau chercher, rien ne me revient. Mon père était coquet, alors je me dis que c'était peut-être parce que je me suis fâchée pour avoir mon tour de salle de bains. Ou comme il aimait me taquiner, il a peut-être dit une pique, et je l'ai mal pris. Enfin, ce n'était sans doute pas grand-chose et nous nous serions rabibochés très vite. Quand on se réconciliait, on se serrait fort l'un contre l'autre. Chacune de nos étreintes est gravée dans mon cœur. Mais voilà, nous n'avons pas eu la possibilité de le faire à cause du missile qui a détruit la maison. Tu vois, je regrette amèrement de m'être énervée pour rien ce jour-là. Un proverbe arabe dit : « Un moment de patience dans un moment de colère empêche mille moments de regret. » Les tragédies peuvent nous rattraper. Je n'en avais pas conscience, car j'étais jeune. Pourtant, c'était la guerre. L'histoire récente de la France a montré qu'une vie innocente peut être fauchée à la terrasse d'un café, dans une salle de concert ou tout simplement en marchant dans la rue. Je ne voudrais pas que tu aies les mêmes regrets que moi, Ludivine, et que tu te demandes chaque jour quel goût aurait eu la prochaine étreinte avec ta cousine.

Au fur et à mesure de l'histoire d'Amena, les larmes sont montées aux yeux de Ludivine. Dès qu'Amena a fini, elle ouvre la porte, devant laquelle il n'y a plus personne. Amel a déjà commencé à descendre les escaliers. C'est au quatrième étage qu'elle la retrouve. Toutes les deux sont en pleurs : Amel parce qu'elle est perdue, et Ludivine parce qu'elle vient de se retrouver.

VENDREDI

Djibril ouvre la chambre de Ludivine par habitude, il va refermer la porte quand il voit une forme bouger sous les draps. Hier, Marie et lui ont dû prendre des somnifères pour s'endormir. Ils ont sombré dans un sommeil de plomb. Les policiers leur avaient dit qu'il n'y avait rien d'autre à faire qu'attendre. Djibril est paralysé par des émotions contradictoires : la curiosité, l'espoir, la peur de découvrir ce qui se cache sous le tissu. Martin, qui traîne dans ses pattes, se précipite vers le lit. Quand il saute sur le matelas, il est surpris car la forme se scinde en deux : les visages de Ludivine et d'Amel apparaissent soudain. Martin manque de tomber à la renverse, Djibril le rattrape de justesse. Il se demande s'il rêve, il ne peut pas être témoin de la scène qu'il voit. Quand Ludivine est-elle revenue ? Qu'est-ce qu'Amel fait là ? Est-ce que les hallucinations figurent au nombre des effets secondaires des somnifères ? Martin hurle tellement fort que Marie déboule en craignant le pire. Revoir sa fille saine et sauve remplit son cœur d'une joie incommensurable.

– Mon Dieu, Ludivine. Nous avons eu si peur !

– Maman, je suis là, tout va bien.

Marie se précipite dans les bras de Ludivine. Djibril observe la scène en retrait. Il voudrait rejoindre la mêlée, mais la pudeur le rattrape. Il a l'habitude de retenir ses émotions. C'est l'homme de la famille, il doit garder la tête froide, pense-t-il. Cette manie du contrôle le pousse parfois à prononcer des paroles maladroites :

– Tu peux nous dire où tu étais, Ludivine ? Et qu'est-ce qu'Amel fait là ?

À force de vouloir être responsable, Djibril l'est devenu jusqu'à la caricature. Il se retient comme lors de la mort de ses parents. Aller à l'entretien d'enseignant-chercheur était une façon de cacher ses larmes à sa sœur. Cette dernière aurait tellement voulu pleurer avec lui et lui avec elle. Il est passé pour un individu sans cœur qui ne pense qu'à lui-même. Désarçonnés par le décalage entre sa réserve et la spontanéité du reste de la famille, tous dévisagent Djibril. Ludivine brise le silence la première :

– J'étais partie fâchée, mais maintenant ça va nettement mieux.

– Et moi, j'ai retrouvé ma Divine, enchérit Amel.

– Vous auriez pu nous prévenir de votre retour ! s'exclame Marie.

– Nous avons voulu vous faire la surprise et quand nous sommes revenues, vous dormiez si profondément… s'excuse Ludivine.

– Amel, tu ne devais pas rentrer chez toi ? Telle que je connais ta mère, elle doit être morte d'inquiétude, s'alarme Djibril.

– Maman est retournée à Calais, je l'ai prévenue que j'allais passer la nuit ici.

– Trêve de discussion, maintenant il faut aller retrouver Polycarpe, coupe Ludivine.

– Qui ? s'interroge Djibril.

– Mon meilleur ami. Il est au poste de police, car il n'a pas de papiers, répond Amel.

– Moi, j'en ai des papiers, je peux les donner à ton ami, déclare Martin en tendant ses dessins.

La proposition de Martin fait sourire Amel. Le ton sec de Djibril tranche avec l'ingénuité du gamin.

– Le meilleur ami d'Amel n'a pas de papiers, et alors? Qu'est-ce que vous pouvez y faire ?

– Tu ne comprends pas, papa. Si on ne trouve pas une solution, il risque l'expulsion, explique Ludivine.

– Je suis sûr que vous exagérez. Ça ne peut pas être aussi grave que ça. Profitons d'être à nouveau réunis et laissons cette affaire se régler, tente de rassurer Djibril.

– Je crois que tu ne comprends pas… soupire Amel.

– Bien au contraire, j'ai été jeune, moi aussi. On a tendance à s'emballer à votre âge. Tout ça n'est pas bien grave, persiste Djibril.

– Comment peux-tu dire ça ? Tu n'as pas de cœur ? demande Marie, furieuse face à la désinvolture de son mari.

Qui est ce monstre froid devant elle? Qu'est devenu l'homme qu'elle a connu ? A-t-il jamais existé ? Chaque fois qu'il est question de sentiments, il se détourne. Ou peut-être que Marie s'est toujours trompée sur lui : elle pensait qu'il portait un masque, mais qui sait si ce n'était pas sa vraie nature ?

Il est temps pour elle de savoir la vérité. Elle lui demande de la suivre au café du coin de la rue pour avoir une discussion sérieuse. Alors qu'ils attendent l'ascenseur sur le palier, une furie déboule par l'escalier. C'est Salwa, directement venue de Calais après avoir entendu les messages catastrophés de sa fille sur son répondeur. Marie l'attrape par le collet :

– C'est bien que tu sois là, Salwa. Nous avons des choses à nous dire tous les trois.

– Et Polycarpe ? s'inquiète Salwa.

– Je te promets que ça ne durera pas longtemps, la rassure Marie.

Djibril et Salwa se sont fuis du regard jusqu'au café. Heureusement qu'il est au coin de la rue, car ce jeu d'évitement serait pesant à la longue. Les langues ne se délient que pour passer commande. Marie doit prendre l'initiative afin que la discussion commence vraiment :

– Salwa, Djibril, je veux comprendre ce qui se passe. Ça fait sept ans que ce silence dure entre vous et je n'ai jamais eu de véritable explication, sinon que vous vous seriez éloignés naturellement, selon la version de mon mari.

– Ah bon, il a dit ça ? s'amuse Salwa, qui ne s'adresse pas directement à son frère.

– Oui, il a dit ça, reprend Djibril d'un air sarcastique.

– Et tu as parlé de l'enterrement de papa et de maman ?

Salwa regarde enfin Djibril en face. Marie se met en retrait de la discussion. C'est au frère et à la sœur de régler leurs comptes. Sur la défensive, Djibril répond :

– Je ne vois pas le rapport.

– Ah bon, tu ne vois pas le rapport ? Où étais-tu le jour de l'enterrement de papa et maman ?

– Je te l'ai dit, j'avais mon entretien pour mon poste d'enseignant-chercheur à l'université.

– Tu ne penses pas que tu aurais pu le reporter ? Que les parents auraient mérité autre chose qu'un fils ingrat ? Que j'avais besoin de toi à ce moment-là ?

La voix de Salwa est éraillée. Les reproches qu'elle avait enfouis remontent en elle, elle ne peut plus les retenir. Elle se revoit lors de l'enterrement. Les amis de la famille demandaient où était Djibril. Salwa avait menti en disant qu'il avait eu un malaise. Personne n'aurait compris qu'il préfère chercher du travail au lieu d'accompagner ses parents dans leur dernière demeure. Djibril s'agite sur sa chaise. Il s'apprête à parler mais s'interrompt quand le serveur vient avec deux cafés et un thé. Il se contrôle toujours. Une fois le serveur éloigné, il répond à sa sœur :

– Tu sais ce que m'ont toujours dit les parents ? Ce que tu m'as aussi répété ? Le travail est au-dessus de tout. Quand grand-mère est morte, je voulais assister à son enterrement en Algérie. Papa et maman m'avaient dit que je devais passer mon bac, que c'était plus important. C'était en janvier, j'aurais eu tout le temps de rattraper mon retard. Tu t'en souviens ?

– Oui, j'étais en première année de droit et j'étais aussi restée en France. Mais je ne comprends pas bien…

– Des exemples comme celui-là, j'en ai des dizaines ! Je devais travailler à l'école, travailler à la maison, travailler en vacances, travailler, travailler… Alors j'ai fait la seule chose que j'ai apprise lors de ce deuil : j'ai travaillé. Pour essayer d'oublier, mais ça ne marche pas comme ça. Tu crois que je n'ai pas souffert ? Que je ne souffre pas ? Que je n'y pense pas tous les jours ? Et pas seulement à cause des parents : j'ai aussi perdu ma sœur ce jour-là.

– Comment ça ? Qu'est-ce que tu veux dire ?

– Juste après l'annonce de leur mort, tu ne t'es plus comportée comme ma sœur, mais comme les parents. Tu me parlais des papiers à remplir, des personnes à inviter… Tu ne penses pas que moi aussi j'avais besoin de parler à ma sœur ? Toi aussi, tu t'es réfugiée dans le travail à ta façon.

– Tu aurais pu me demander de…

– D'être à nouveau ma sœur ? De me prendre dans les bras au lieu de me dire que je devais faire ceci et faire cela ? D'arrêter de te prendre pour ma mère ?

– Je ne savais pas…

Marie entend pour la première fois Djibril s'ouvrir. On est loin de l'éloignement naturel dont il parlait pour justifier la brouille entre sa sœur et lui. Elle comprend que son mari a souffert du poids d'une responsabilité qui lui était tombée dessus du jour au lendemain, celle de devenir un adulte autonome. Il a fini par se transformer en ce qu'il reprochait à Salwa d'être : un « chef de famille », au lieu d'être tout simplement lui-même. Marie veut savoir si ces choix de vie n'ont pas été guidés par cette illusion d'être utile.

– Tu voulais vraiment devenir consultant ?

– Oui, je ne comprends pas ce que tu veux dire.

– C'était ton choix de cœur ?

– Quand on est père de famille, on n'est plus égoïste. C'était plus facile de vivre avec une paie de consultant qu'avec celle d'un prof d'université.

– Et moi, je gagnais de quoi nous faire vivre, non ? Je venais juste de décrocher le rôle de la détective Dedremont. Tu m'as tellement soutenue, alors…

– Personne ne pouvait s'imaginer que ça allait si bien marcher. Et je n'allais pas me faire entretenir…

– C'est comme ça que tu vois les choses ? Et tu penses donc que je me fais entretenir maintenant, puisque tu gagnes plus que moi ? Est-ce que nous sommes deux personnes ou un couple ?

– Je veux juste que tu puisses vivre de ta passion sans arrière-pensée, Marie. Je ne veux pas que tu ailles sur scène avec les factures ou la liste des courses en tête. Tu es tellement sublime sur les planches, c'est tellement beau…

– Et toi, tu n'as pas le droit de vivre de ta passion ? Tu penses que j'ai besoin d'un si grand appartement pour être heureuse ? Mon mari et mes enfants me suffisent. J'ai l'impression de t'avoir perdu petit à petit… C'est la première fois que tu me parles de moi sur scène. La première fois depuis au moins cinq ans !

– Je ne sais pas quoi dire, Marie. Je croyais que tu savais que tu étais magnifique. C'est tellement évident…

Djibril détourne le regard pour dissimuler son émotion, puis il se retourne vers sa femme et sa sœur : il décide d'assumer les larmes qui coulent sur ses joues. Fini le contrôle de tous ses faits et gestes. Il ne veut plus se cacher comme lors de la mort de ses parents. Il lâche prise et serre dans ses bras les deux femmes les plus importantes de sa vie.

– Au travail !

Ce n'est pas Djibril qui donne cet ordre, mais Salwa qui décide qu'il est temps d'aider Polycarpe. De retour à l'appartement, toute la famille est réunie. Intrigué, Martin s'assied sur les genoux de Salwa, qu'il voit pour la première fois. C'est l'avocate qui prend la parole pour distribuer les rôles.

– Ludivine et Amel, vous irez au commissariat pour soutenir Polycarpe. Moi, j'irai voir son oncle et sa tante à Saint-Denis. C'est d'accord pour tout le monde ?

– Non, je ne suis pas d'accord, intervient Djibril.

– Pardon ? demande Amel avec une pointe d'agacement.

– J'accompagne Salwa.

– D'accord, dit en souriant Salwa, qui retrouve l'esprit mutin de son frère quand il était adolescent.

– Et moi, qu'est-ce que je fais ? demande Marie.

– Toi, tu nous fais rêver. Va à tes répétitions et, promis, si nous avons besoin de toi, nous t'appellerons.

– Et moi alors ? s'inquiète Martin.

– Toi, tu vas à l'école ! ordonne son père avec le sourire.

Martin boude. Amel lui murmure à l'oreille de faire un beau dessin qu'elle donnera à Polycarpe au commissariat. C'est avec le portrait d'une licorne et d'un elfe qu'Amel se retrouve pour la deuxième fois au poste de police. Elle est heureuse d'y aller avec Ludivine, elle se sent moins seule. Toute la nuit, elles ont discuté des différends et des malentendus qui les ont séparés. Le dernier en date, Christian, avec qui Ludivine avait cru surprendre Amel. Mais Ludivine a admis que c'était plus profond que cela et cela datait même d'avant l'incident du rallye mondain. Quand elles étaient enfants, elles étaient très proches et leur rupture avait été brutale et douloureuse. Elle avait perdu une petite sœur sans qu'on lui donne la moindre explication. Ludivine a toujours pensé qu'il s'était passé quelque chose de grave, car son père n'aurait pas coupé les ponts sans raison. Pour accepter cette décision arbitraire qui lui avait échappé, elle s'était imaginé que cette branche de la famille était méchante. Cette conclusion puérile, mais normale pour une enfant, l'avait poursuivie inconsciemment. C'est sur cette brèche que s'est reconstruite la relation avec Amel. Plutôt que de s'en prendre à Christian, elle a préféré diriger ses accusations sur sa cousine. Son schéma de pensées la poussait à penser qu'elle la trahissait une seconde fois.

Sur le chemin du commissariat, les deux cousines ont continué leur discussion qui a peu à peu glissé vers Polycarpe. Maintenant qu'elles s'étaient tout dit, les deux jeunes femmes pouvaient affronter l'avenir immédiat. C'est de nouveau Sébastien Dubois qui est à l'accueil du poste de police. Il a l'air encore plus désolé qu'hier, quand il a révélé devant son supérieur que Polycarpe n'était pas né en France. Il essaie de précipiter son débit mais, à cause de cela, il bute sur chaque syllabe :

– Mesdemoiselles, que puis-je faire pour vous ?

– Vous le savez bien. Nous aimerions voir Polycarpe Diallo, répond Amel d'un ton sec.

– Seuls ses avocats sont habilités à lui rendre visite.

Le règlement, c'est le règlement. Mais Sébastien en a marre d'avoir mal à la tête en le suivant aveuglément. Il fait un clin d'œil complice aux filles en leur demandant :

– Vous êtes bien les avocates de monsieur Diallo ?

– Euh... oui, hésite Amel, qui met un certain temps avant de comprendre que le policier leur fait une fleur.

– Très bien, vous avez une heure auprès de votre client.

Sébastien sait que Ludivine et Amel ne sont pas les avocates de Polycarpe, elles sont beaucoup trop jeunes. Il joue le jeu pour pouvoir les laisser entrer. Le temps qu'il a passé avec Polycarpe l'a convaincu qu'il n'avait rien à faire dans une cellule. Quand la porte s'ouvre sur Polycarpe, Amel passe de l'inquiétude à la panique. Son meilleur ami est de dos et il fait des gestes en l'air avec les mains. On dirait qu'il danse, mais ce n'est pas du tout son genre. Est-ce qu'il est devenu fou en une nuit ?

– Polycarpe, ça va ?

– Amel ! répond-il en se retournant.

– Qu'est-ce que tu fais ? Ça ne va pas bien ?

– Oh rien, tu vas encore me dire que je suis bizarre. J'étais en train de me représenter mentalement la carte des étoiles. Par exemple, là, c'est Mars, là c'est Alpha du Centaure, là c'est...

– Tu as raison, je pense que tu es complètement barge !

– Ça m'aide à passer le temps. Et toi, ça va, Amel ? Je vois que tu t'es réconciliée avec ta cousine.

– Enchantée, Polycarpe, dit Ludivine.

– Enchanté, Ludivine. On s'est vus vite fait avant-hier à ton rallye. Sache que j'ai beaucoup entendu parler de toi... En mal, principalement!

Ludivine sourit, Amel est circonspecte. Polycarpe est beaucoup trop calme pour que ce soit normal. On voit qu'il joue un rôle: il n'a jamais été drôle.

– Sérieusement, comment tu te sens, Pol'? redemande Amel.

– Tu te souviens quand je t'avais parlé de la malédiction de mon prénom. On est en plein dedans!

– Tu ne réponds pas à ma question...

– Je suis allé à l'hôpital très tôt ce matin.

– Tu as quelque chose de grave?

– Ce n'est pas ce que tu crois. J'y suis allé pour faire un test osseux.

– Qu'est-ce qu'ils ont, tes os?

– Rien, c'est juste pour savoir mon âge. On m'a fait une radio de la main et puis on m'a demandé de me déshabiller pour...

– Pour?

– C'est tellement humiliant, Amel. Je préfère ne pas en parler pour le moment. Je ne veux même pas y penser. C'est quand on m'a demandé de retirer mes sous-vêtements que j'ai commencé à reconstituer la carte du ciel dans ma tête.

– Je comprends, Pol', je comprends...

Polycarpe enfouit son visage dans sa main. Il veut chasser de son esprit l'examen génital qu'il a subi. Sa voix est celle d'un enfant quand il lui demande :

– S'il te plaît, Amel, raconte-moi une belle histoire, j'en ai besoin en ce moment.

Amel ne sait pas quoi dire. Ludivine prend le relais. Elle lui parle d'Amena, réfugiée syrienne qui continue de se battre malgré toutes les épreuves qu'elle a traversées. Sa résilience est prodigieuse. Polycarpe se blottit dans les bras d'Amel pour écouter son combat pour la dignité.

Aucune lumière ne pénètre dans le hall de la barre d'immeubles. La pénombre dissimule l'insalubrité des lieux. Salwa reconnaît immédiatement l'atmosphère lugubre des logements vétustes loués par ce qu'on appelle des marchands de sommeil : ces escrocs qui exploitent des personnes en situation précaire. Parce qu'elles n'ont pas le choix, elles acceptent des conditions de vie indécentes. Un haut-le-cœur remue les tripes de Djibril, qui n'a jamais vu ça. Pour Salwa, c'est devenu habituel, mais elle ne s'y fera jamais. Comment est-il possible d'en être toujours là au XXIe siècle ? Elle grimpe les escaliers rongée par les remords. Elle croise les Diallo de temps en temps au marché ou dans la rue. Leur relation est cordiale, quoique superficielle. Ça n'est pas une excuse pour avoir été aveugle à leur misère, elle qui la combat dans toute la France.

La porte des Diallo s'ouvre. Elle est tellement fragile que chaque coup porté contre celle-ci fait trembler les gonds. Les yeux de Mme Diallo se posent d'abord sur le visage de Djibril, qu'elle ne connaît pas. La méfiance durcit ses traits. La semaine dernière, le propriétaire a menacé d'appeler la police alors qu'elle paie toujours son loyer en temps et en heure. C'est une façon de lui mettre gratuitement la pression, il peut ainsi lui extorquer toujours plus d'argent. Mme Diallo ne se détend que lorsqu'elle reconnaît Salwa. Son sourire s'assombrit aussitôt : elle est gagnée par la honte de la recevoir dans ce gourbi. Elle hésite entre ouvrir en grand la porte ou laisser ses invités sur le palier. Son sens de l'hospitalité l'emporte. Salwa et Djibril découvrent un minuscule studio. Si on ne prêtait pas attention aux détails, on pourrait le croire aux normes, mais des fissures ici et des fils électriques qui pendouillent là révèlent le délabrement des lieux, malgré les efforts de réhabilitation des Diallo. Le canapé-lit au milieu de la pièce est le seul siège, Salwa et Djibril se serrent pour y tenir côte à côte tandis que Mme Diallo leur propose un café. Salwa interrompt sa marche vers le réchaud électrique.

– Madame Diallo, votre mari est là ?

– Non, il est au travail. Pourquoi me demandez-vous cela ? Vous m'inquiétez, Salwa…

– C'est à propos de votre neveu Polycarpe.

– Mon neveu ? Qui vous a dit cela ?

– Lui. Il est au commissariat.

– Qu'est-ce qu'il a fait ?

– Rien. Il a juste été pris dans un contrôle de police à Paris.

– À Paris ? Je lui ai toujours dit de rester à côté de la maison ! Qu'est-ce qui lui a pris ?

– Il y était pour un stage.

– Je lui avais dit, je lui avais dit, je lui avais dit…

Mme Diallo répète en boucle cette phrase. Dans sa tête, des images défilent : son arrivée en avion avec son mari à Roissy avec de fausses pièces d'identité achetées à prix d'or à un passeur, leur installation chez son frère et sa famille à La Courneuve, le départ du frère en Côte d'Ivoire en leur confiant son fils Polycarpe, les dizaines de fois où ils ont été à deux doigts d'être contrôlés par le simple fait du hasard, les mille précautions qu'il a fallu prendre pour réduire les risques, les parcours balisés qu'ils ont empruntés… Tout cela vole en éclats à cause d'un écart et plus que ça encore : une faute. Polycarpe savait qu'il ne devait pas sortir du quartier, elle le lui a répété chaque fois qu'il franchissait la porte du studio. Elle cherche à comprendre. Quelle mouche a piqué Polycarpe ? Est-ce qu'elle a oublié de le mettre en garde hier ? Est-ce sa faute ? Pourquoi l'a-t-elle autorisé à passer la nuit chez Amel ? Pourquoi son fils lui a-t-il menti ? Ce questionnement est chassé par une autre image, celle de l'inévitable futur : ils vont être expulsés et tous leurs efforts n'auront servi à rien. Il va falloir tout reconstruire en Côte d'Ivoire, alors que leur vie est ici. Pour eux qui y ont déjà vécu, passe encore. Mais pour Polycarpe qui ne connaît que la France, quel gâchis ! C'est un si bon élève et un si bon garçon. Pendant qu'elle se lamente intérieurement, Mme Diallo enfile un manteau. Elle se comporte comme si Djibril et Salwa n'étaient pas là, jusqu'à ce qu'elle leur demande :

– Dans quel commissariat se trouve Polycarpe ? Je vais le chercher.

– Ce n'est pas une bonne idée.

– Comment ça ? Je ne le laisserai pas une minute de plus dans cet endroit où il n'a rien à faire !

– Écoutez, madame Diallo, je veux vous aider. Je suis avocate, je suis habituée à travailler sur des cas de ce genre.

– Des cas de ce genre ? Vous parlez de mon fils Polycarpe ! Oui, mon fils, c'est comme ça que je le considère ! Je ne serais pas une bonne mère si je ne le protégeais pas !

Ce n'est pas la première fois que Salwa observe ce genre de réaction. L'instinct de protection est un réflexe naturel qui peut se retourner contre Mme Diallo. C'est ce que Salwa lui explique :

– Vous ne le protégerez pas, vous serez tous les deux au poste, c'est tout.

– Au moins, je serai près de lui.

– Voyez plus loin que ça : à long terme, voulez-vous être auprès de lui en Côte d'Ivoire ou en France ?

– Vous savez très bien que je veux rester ici.

– Alors retirez votre manteau et envisageons une stratégie. Voulez-vous que votre mari se joigne à nous ?

– Il est au travail, je ne veux pas le déranger.

Mme Diallo est en train d'ôter son pardessus quand Djibril intervient pour la première fois dans la discussion :

– Vous devriez appeler votre mari. Il pourrait s'en vouloir d'être resté au travail quand l'avenir de sa famille se jouait.

– Je suis désolé, il est temps que vous partiez maintenant. J'ai fait tout ce que j'ai pu, mais je ne saurais justifier votre présence plus longtemps, même en tant qu'avocates.

Sébastien Dubois a pris sa voix la plus douce pour s'adresser à Amel et Ludivine. Polycarpe n'arrive pas à lui en vouloir, c'est l'agent d'un système absurde. Il compose son air le plus détendu quand il dit :

– Merci d'être passées, les filles. Il est temps pour moi de compter à nouveau les étoiles.

Amel n'aime pas quand Polycarpe prend cet air dégagé. Polycarpe n'est pas celui qui joue au mec en disant « les filles », c'est un donneur de leçons qui la réprimande quand elle ne fait pas ses devoirs. À peine se fait-elle cette réflexion qu'elle entend le ton haut perché d'une voix en colère. Cette façon de parler, elle la reconnaît tout de suite : c'est celle de sa mère.

– Je veux être reçue immédiatement, je suis l'avocate du jeune Polycarpe Diallo.

– Ses avocates sont déjà avec lui.

– Ce n'est pas possible puisque je suis devant vous !

Sébastien Dubois se précipite vers Salwa et Djibril, postés devant l'accueil. Il prend le relais auprès de son collègue, qui ne comprend rien à ce qui se passe. Il tente de le rassurer :

– Je t'expliquerai.

Puis il s'adresse à Salwa, toujours bouillonnante.

– J'ai laissé entrer les amies de M.Diallo. Pour contourner le règlement, j'ai signalé que c'étaient ses avocates. J'espère que ça restera entre nous. Veuillez me suivre.

Calmée, Salwa suit l'agent jusqu'à la pièce où elle retrouve Polycarpe entouré d'Amel et de Ludivine. Elle est rassurée de les voir et, d'une inclinaison de tête, elle remercie Sébastien Dubois, qui les laisse ensemble.

– Polycarpe, j'ai parlé à ton oncle et à ta tante.

– Madame Massini, vous pouvez dire mes parents ? C'est comme ça que je les considère, autant que mes parents biologiques.

– À condition que tu m'appelles Salwa.

– D'accord, madame… euh, Salwa.

– J'ai étudié votre cas. Vous êtes en France depuis suffisamment longtemps pour prétendre à une régularisation, en demandant soit la naturalisation, soit une carte de séjour. Dans un cas, vous deviendrez français, dans l'autre vous resterez ivoiriens.

– C'est super !

– Ça le serait si tu n'étais pas au commissariat. Il va y avoir une enquête et, vu vos conditions de logement, vous risquez l'expulsion pendant l'instruction.

– Ça va durer longtemps ?

– Suffisamment pour que tu rates la fin de l'année scolaire.

Polycarpe aime bien le quartier, les amis et l'école. Ce sont toutes ses habitudes qui vont être bousculées. Il ne veut rien montrer de son trouble quand il prend à nouveau son air trop tranquille pour dire :

– C’est pas grave, j’ai une année d’avance. Et comme ça, l’année prochaine, Amel m’expliquera le programme de seconde pendant que je referai ma troisième !

Amel ne sourit pas. Elle ne veut pas que Polycarpe quitte la France ne serait-ce qu’une seule seconde. Ce serait injuste. Son cerveau mouline à cent à l’heure, comme lorsqu’elle imagine une décoration d’intérieur. Elle est encore toute à l’excitation de son idée quand elle bafouille à sa mère :

– Et si… Et si… Polycarpe pourrait vivre avec nous ? Ça réglerait le problème du logement pour lui.

– Et ses parents ?

– On demandera leur accord, bien sûr.

– J’aimerais bien, Amel, mais tu sais bien qu’on ne gagne pas des fortunes, ton père et moi. On est déjà serrés dans l’appartement…

– Je ferai de la place à Pol’ ! Je travaillerai au marché le week-end, je ne demanderai plus d’argent de poche, je…

– Non.

C’est une voix ferme et définitive qui ponctue la phrase d’Amel, celle de Djibril. Il poursuit :

– Polycarpe ne dormira pas chez vous, il dormira chez nous. Enfin, si ma femme et mes enfants sont d’accord.

Ludivine saute dans les bras de son père. Elle est suivie par Amel, puis par Salwa. Polycarpe les regarde. Il voit sa bonne étoile scintiller dans la carte du ciel. Il a aussitôt une pensée pour ceux qui n’ont pas la même chance que lui.

– Dites, Salwa, vous allez aussi faire quelque chose pour les autres travailleurs au noir ici ?

Salwa hoche la tête. Elle n'avait pas envisagé une seconde de les laisser tomber.

Le nœud de cravate mal ajusté, Djibril a les traits tirés quand il arrive chez BRM Consulting. Il est 15 h 30 et il s'en fiche. Gilles met quelques secondes à le reconnaître dans le couloir. C'est la première fois qu'il le voit débraillé et en retard.

– Gabriel, tu sais que mon cousin Mathieu a passé deux heures en garde à vue hier ?

– J'en ai entendu parler.

– C'est terrible, non ?

– Il est déjà libre alors que certains de ses employés sont toujours au commissariat.

– Tu m'as l'air de mauvais poil, Gabriel.

– Je le suis, on en reparlera. Je peux te demander de m'appeler Djibril ?

– Pardon ?

– Je m'appelle Djibril, pas Gabriel.

En disant cela, Djibril se soulage d'un poids et, en même temps, il appréhende la réaction de Gilles. Ils se connaissent depuis longtemps, comment prendra-t-il son mensonge sur son prénom ?

– Je suis très embêté, Djibril…

L'air grave de Gilles est celui que redoutait Djibril. Il a préparé tout un argumentaire autour de sa volonté d'intégration et l'enlisement dans le mensonge. Djibril pensait qu'il aurait plus de chances d'être accepté en se faisant appeler Gabriel. Toutes les études montrent qu'il est plus difficile de réussir professionnellement quand on a un prénom à consonance arabe. Il a beaucoup hésité avant de changer le sien, et il a été difficile de vivre cette double identité : Djibril à la maison, Gabriel au travail. Une lueur taquine parcourt les yeux de Gilles quand il enchaîne :

– Je suis très embêté car il va falloir changer ta plaque de directeur. J'avais demandé à faire graver un G comme Gabriel, pas un D comme Djibril. Mais avec l'argent du contrat avec CBSH, on va pouvoir arranger les choses.

Djibril ne s'attendait pas à cette réponse. Sa surprise est telle qu'il met un certain temps avant de comprendre pleinement le sens des paroles de Gilles.

– Directeur ? Déjà ?

– Oui, pourquoi attendre ? C'est officiel à compter de ce jour.

– Je ne sais pas quoi dire…

– Il n'y a rien d'autre à faire qu'accepter. Tu fais de l'excellent travail avec nous depuis le début, et personne d'autre que toi n'aurait pu décrocher ce contrat. C'est une nouvelle ère qui commence pour nous, et je veux que tu en sois le fer de lance. Certes, ça te demandera beaucoup de travail, mais tu en as l'habitude.

– Oui… Euh… Je ne m'y attendais pas du tout…

– C'est bien la première fois que tu n'auras pas devancé les événements. Tu es un visionnaire, Djibril, je veux que tu sois tout en haut pour nous aider à voir encore plus loin.

– Tout est tellement inattendu… Je pensais que tu m'en voudrais peut-être pour mon prénom.

– Ton prénom ?

– Oui, Djibril au lieu de Gabriel.

– Cher Djibril, tu vas bientôt apprendre que l'une des prérogatives d'un directeur est de vérifier les fiches de paie. Sur la tienne, il est écrit « Djibril Massini » depuis le début.

– Et tu ne m'as jamais rien dit ?

– Si tu veux te faire appeler Gabriel, Djibril, Michel, Mohamed, Samba ou Chang, ça ne regarde que toi, mon vieux. La seule chose qui m'intéresse, c'est la qualité de ton travail, monsieur le directeur.

Djibril, le souffle coupé, ne sait pas quoi dire. En vingt-quatre heures, il a décroché un poste inespéré et il s'est réconcilié avec sa sœur. Il ne lui reste plus qu'à se réconcilier avec lui-même.

Mohand est rentré de sa tournée fatigué mais satisfait. Les produits d'assurance se sont bien vendus et il en a profité pour prendre des légumes et du poisson aux aurores sur le port de Marseille. Il a roulé à la limite de la vitesse maximale autorisée pour éviter le gros des embouteillages et pouvoir cuisiner les aliments encore frais pour le dîner. Les compliments de sa femme, Salwa, et de sa fille, Amel, sont parmi les plaisirs qu'il savoure à son retour. Le pas alerte, il grimpe trois à trois les escaliers jusqu'au quatrième étage. C'est une gymnastique qu'il s'impose pour rester en forme. À force de rester assis en voiture, il pourrait s'encroûter. Il n'a pas eu beaucoup de nouvelles de sa famille qui l'a juste prévenu d'une surprise. C'est probablement un jugement favorable dans un dossier défendu par Salwa, une bonne note d'Amel ou une visite de Lounès. En ouvrant la porte de chez lui, il découvre une dizaine de personnes parmi lesquelles il n'en reconnaît que trois : sa femme, sa fille et le petit Polycarpe. En cherchant dans sa mémoire, il parvient à rapprocher le visage de l'un des hommes au milieu de la pièce de celui de Djibril, son beau-frère qu'il n'a pas vu depuis des lustres. Il en déduit que la fille, le garçon et la femme qui le dévisagent à ses côtés sont sa famille. Il y a aussi un homme et une femme qu'il salue dans la rue, les parents de Polycarpe. Lui qui s'imaginait tranquille aux fourneaux va devoir jouer les hôtes ! Dans un sens, c'est tant mieux, il a apporté de quoi nourrir un régiment. Il exprime sa surprise en se débarrassant de son manteau :

– Eh bien, ça en fait du monde ! Bonsoir à tous !

Mohand salue un à un les invités, puis entraîne sa femme dans la cuisine pour une explication.

– Qu'est-ce qui s'est passé ?

– Je me suis dit qu'il était temps d'organiser une réunion de famille. Et comme j'imagine que dans ton sac il y a de merveilleux produits frais, j'ai pensé que c'était un jour parfait pour montrer tes talents de cuisinier.

Mohand sourit de la bonne humeur de sa femme, mais il ne comprend toujours rien. De toute évidence, de nombreux événements se sont produits en son absence et c'est le seul à ne rien savoir.

– Je rêve ou j'ai vu ton frère Djibril et sa famille dans le salon ?

– Tu ne rêves pas, ils sont dans le salon.

– Il s'agit bien du même frère que tu ne voulais jamais voir ?

– Disons que nous nous sommes rapprochés en ton absence. Tu vois bien que je t'écoute, finalement.

Salwa sort de la cuisine où elle laisse son mari seul avec son poisson frais et ses légumes. Il ne reste à Mohand qu'une chose à faire : cuisiner pour ses invités. Pendant qu'il prépare une bouillabaisse, Amel vient lui proposer de l'aide et, exceptionnellement, Mohand accepte. D'habitude, il préfère être seul dans « sa » cuisine, mais il veut en profiter pour tirer les vers du nez à sa fille :

– Amel, veux-tu m'expliquer ce qui se passe ?

– Bien sûr papa : tu prépares à manger.

– Vous essayez de me rendre fou, ta mère et toi ?

L'incompréhension qu'elle lit sur le visage de son père fait rire Amel. Le pauvre est complètement largué. Il s'apprête à répéter sa question quand Djibril entre à son tour :

– Mohand, ça faisait longtemps !

– J'ai l'impression que ça fait un siècle, Djibril. Tu n'as pas changé. Enfin, pas trop !

– On va dire que toi non plus. Je viens de me réconcilier avec ma sœur, ce n'est pas pour me disputer avec mon beau-frère !

– Qu'est-ce que tu deviens ? Tu es toujours consultant ?

– Je l'étais jusqu'à hier.

– Hier ? Ne me dis pas qu'Amel t'a posé des problèmes.

– En quelque sorte, oui. Mais c'est grâce à elle que je suis ici.

– Tu peux être plus précis. Je suis perdu.

– C'est une longue histoire. Disons que j'ai refusé une promotion comme directeur du cabinet. À la place, je vais créer et diriger la fondation du cabinet, nous allons ainsi aider des ONG, des associations…

Il n'a pas le temps de poursuivre que Ludivine les rejoint :

– Ça sent bon ici.

– Tu aimais déjà ma cuisine quand tu étais gamine, Ludivine.

– Attention, papa, tu as de la concurrence. Divine a fait tous les restaurants chics du Triangle d'or, intervient Amel.

– Tu appelles à nouveau ta cousine Divine ? Comment ça s'est passé avec cette petite peste d'Amel ?

– Papa ! s'insurge Amel.

– Disons qu'on a eu des frictions au début, et puis maintenant... Eh bien tu vois !

Ludivine prend Amel par la taille qui, en réponse, l'embrasse sur le front. La tête de Polycarpe dépasse au-dessus de leurs épaules pour s'inviter à son tour dans la conversation :

– Ça sent rudement...

– Bon, je sais, j'ai déjà entendu ça quelque part, s'amuse Mohand. Et toi, Polycarpe, tu veux bien me dire ce qui se passe ? Personne ne veut me parler.

– Je vais vivre chez Djibril et Marie parce que... Aïe !

Amel a pincé Polycarpe pour qu'il se taise. Décidément, il est toujours en décalage par rapport aux autres. Il n'a pas compris que tous s'amusent à faire tourner son père en bourrique. Plus tard dans la soirée, elle lui dira que, plus qu'un stage, c'est une leçon de vie qu'elle a reçue pendant ces cinq derniers jours. Sa cousine, qui lui paraissait tellement loin, avec ses airs de diva et son mode de vie de princesse, lui ressemble beaucoup plus qu'elle ne le croyait. Et si ce n'était pas le cas, elles n'auraient pas besoin d'être semblables pour se respecter et s'aimer. Elle a grandi en une semaine, elle a appris à s'intéresser encore plus aux autres et à voir par-delà les différences. Elle sait aussi que si on veut changer le monde il faut écouter ses rêves. Elle ne connaît aucun architecte d'intérieur, et alors ? C'est ce qu'elle désire faire et elle ne se fixera plus de limites. Elle rendra le monde plus beau et ça ne tient pas qu'à elle : elle a compris ce qu'était l'esprit de famille, et ce n'est pas qu'une histoire de gènes en commun. Djibril, Martin, Ludivine, Polycarpe, Amena font partie de sa famille, au sens strict ou au sens large, et elle continuera de grandir tant qu'elle aura de l'amour en elle.

Amel fait tinter une cuillère contre son verre, qu'elle porte en l'air. Elle demande l'attention de l'assemblée :

– Oyez ! Oyez ! Les cousines Massini ont préparé…

– Les cousines Massini ? Tu n'oublies pas un de tes noms de famille ? proteste Mohand, dont la voix provient de la cuisine.

– C'est une façon de parler. Ludivine et moi, donc, avons préparé une surprise. Et pour cela, nous avons apporté ce drôle d'instrument, spécimen unique en Seine-Saint-Denis : une harpe ! J'ai aussi mon Auto-Tune et ma boîte à rythmes. Attention, c'est à prendre au second degré. C'est un clash, quoi. Pour la première fois, vous allez entendre le groupe le plus incroyable de…

– Ça suffit les discours, la chanson ! interrompt Djibril.

Tous reprennent en chœur :

– La chanson ! la chanson !

Ludivine pince les cordes de la harpe. Amel lance sa boîte à rythmes. Polycarpe bat la mesure en tapant des mains.

C'est parti.

Ludivine : Nous vivons tous dans la même banlieue, moi Paris 8, toi Saint-Denis (*2)

Certes, j'ai un certain déficit en expérience traumatique
Ma vie n'a pas pour autant été drolatique
Tous les dimanches à la messe dans une église catholique
C'est trop l'angoisse, les orgues et les cantiques

Amel (Auto-Tune) :

Vas-y toi, moi du lundi au dimanche c'est la hess
Galérer H24 contrôle au faciès, bienvenue dans la tess
Les coups de matraque des keufs en guise de caresses
Les courses-poursuites remplacent les cours de fitness

Nous ne vivons pas tous dans la même banlieue, moi Saint-Denis, toi Paris 8 (*2)

Ludivine :

Chez nous, l'impécuniosité est un concept théorique
(Amel : qu'est-ce que tu racontes ?)
Pour les La Rochefoucauld la richesse est une malédiction atavique
(Amel : hein ?)
Nom à particule, héritage, tradition, écussons, héraldique
(Amel : C'est chaud là)
Sapristi, fichtre, bigre, diantre et soyons fou : bernique
(Amel : y avait une autre rime, non ?)

Amel (Auto-Tune) :

Le bizness, la rue, les bagarres, les émeutes à la une
(Ludivine : mazette)
Ma seule façon de palper, c'est de mettre à fond l'Auto-Tune
(Ludivine : carabistouille)
Ou jouer comme une cassos au LOTO pour la thune
(Ludivine : quelle sauce ?)
Pour pas finir en survêt au Lidl de Béthune
(Ludivine : où est-ce donc ?)

Nous vivons tous dans la même banlieue, moi Paris 8, toi Saint-Denis (*2)

Pression scolaire, maths sup ou médecin
Un 19/20 et c'est tout de suite cours de soutien
Les vacances aux Bermudes ou à Tahiti
S'exposer aux coups de soleil
(Amel : trop dure ta vie)

Amel (Auto-Tune) :
Le conseiller orientation m'a dit va faire maçonnerie
Tout ça parce que j'ai fait des Lego devant lui
Maintenant la rage m'ravale la façade
Et pire que ça, elle est coulée dans le béton
(Ludivine : vous êtes maussade ?)

Nous ne vivons pas tous dans la même banlieue, moi Saint-Denis, toi Paris 8 (*2)

Ludivine : Mais qu'avez-vous donc contre la maréchaussée ?

Amel : J'te capte pas, tu peux pas parler français ?

Ludivine : La police n'est-elle donc pas là pour tous nous protéger ?

Amel : Ouais, tes privilèges, pas pour les peaux foncées

Amel : Toi tu dors pas trop bien dans ton ghetto de che-ri ?

Ludivine : Est-ce de ma faute si je ne mange pas que du riz ?

Amel : Le partage des richesses, c'est pas ton fe-ki

Ludivine : Si je savais ce que ça signifie je dirais peut-être oui

Ludivine : Nous vivons tous dans la même banlieue, moi Paris 8, toi Saint-Denis

Amel : Nous ne vivons pas tous dans la même banlieue, moi Saint-Denis, toi Paris 8

ÉPILOGUE

Sébastien Dubois est à l'accueil. Un homme se présente devant lui en compagnie d'une femme qu'il a déjà rencontrée, l'avocate Salwa Massini. Elle est venue tous les jours de la semaine. La première fois, c'était pour Polycarpe Diallo, la deuxième pour les autres travailleurs au noir qu'elle défend ; la troisième pour un certain Mahmadou Bagayoko, quinze ans, venu avouer le braquage d'une supérette à Saint-Denis. Il croyait à tort que Polycarpe l'avait dénoncé, il pensait alléger sa peine en se livrant au commissariat où ça s'était produit. Me Massini a promis de l'aider comme elle avait soutenu Lounès Amri, il y a sept ans, et Sébastien est sûr d'une chose, elle tiendra sa parole.

L'homme qui accompagne cette fois Salwa vient le remercier d'avoir été indulgent avec son fils. Il lui annonce qu'il va régulariser sa situation à la préfecture pour pouvoir vivre dignement en France. Digne, il l'est déjà, le buste droit, le front haut. Ses mains calleuses disent ce qu'il a fait pour le pays. Il souhaite que son neveu, Polycarpe, puisse poursuivre ses études dans les meilleures conditions, sans se cacher. Devenir astronaute était son rêve, c'est devenu son ambition depuis que Djibril l'a amené à Rouvroy-les-Merles, dans l'Oise, pour observer les étoiles à travers le plus grand télescope amateur de France.

– À qui ai-je l'honneur ? demande Sébastien, qui insiste sur le mot « honneur ».

– Je m'appelle Ildefonse Diallo.

Dans cette réponse, il entend toute la poésie qui justifie son amour des prénoms inusités.

Du même auteur à *l'école des loisirs*

Krimo, mon frère
Toutes les couleurs de mon drapeau

Cet ouvrage a été achevé d'imprimer
sur Roto-Page
par l'Imprimerie Floch à Mayenne
en mars 2021

N° d'impression : 97918
Imprimé en France